ŒUVRES
DE
M. BERNARD.

9896

LES TROIS BERNARDS.

DAns ce pays trois Bernards font connus ;
L'un eft ce Saint, ambitieux Reclus,
Prêcheur adroit, fabricateur d'oracles.
L'autre Bernard eft l'enfant de Plutus,
Bien plus grand Saint, faifant plus grands miracles;
Et le troifieme eft l'enfant de Phébus ;
Gentil Bernard, dont la Mufe féconde
Doit faire encor les délices du monde,
Quand des premiers on ne parlera plus.

VOLTAIRE.

L'ART D'AIMER,

ET

POÉSIES

DIVERSES

DE M. BERNARD,

Secretaire Général des Dragons.

A PARIS,

Chez Lacombe, Libraire, rue Christine.

M. DCC. LXXV.

L'ART D'AIMER,

CHANT PREMIER.

J'Ai vu Coigni, Bellone & la Victoire,
Ma foible voix n'a pu chanter la gloire ;
J'ai vu la Cour ; j'ai paffé mon printemps,
Muet aux pieds des Idoles du temps ;
J'ai vu Bacchus, fans chanter fon délire ;
Du Dieu d'Iffé j'ai dédaigné l'empire ;
J'ai vu Plutus, j'ai méprifé fa cour ;
J'ai vu Daphné, je vais chanter l'Amour.

　　Toi feul, ô toi, jeune objet que j'adore !
De tous les Dieux fois le feul que j'implore ;
Que l'Art d'Aimer fe life en traits vainqueurs ;
En traits de feu, tel qu'il eft dans nos cœurs.

A

L'Amour m'infpire; il m'apprend comme on aime;
De fes plaifirs inftruifons l'Amour même.
A tes genoux, dans tes bras, fous tes yeux,
J'en donnerais des leçons même aùx Dieux.
Aux vrais Amours ma lyre confacrée,
Ne chante point & Lampfaque & Caprée,
Ni de Chrifis les lafcives fureurs,
Ni de Flora les nocturnes horreurs.
Qu'ici l'Amour épurant fon fyftême,
Nud, mais décent, plaife à là Pudeur même.
Que Vénus donne à Vefta des defirs :
Je veux des mœurs compagnes des plaifirs.
Qu'à d'autres Chants foit auffi réfervée,
De Sybaris la molleffe énervée,
Des Amadis les refpects infenfés,
Et du Lignon les bords toujours glacés.
Dans mes portraits, Albane plus fidele,
Peignons l'Amour comme on peint une Belle,
D'un jour aimable éclairons fon tableau,
Vrai, mais flatté; tel qu'il eft, mais en beau:
   J'appelle Amour, cette atteinte profonde,
L'entier oubli de foi-même & du monde,
Ce fentiment foumis, tendre, ingénu,
Prompt, mais durable, ardent, mais foutenu,
Qu'émeut la crainte & que l'efpoir enflamme,
Ce trait de feu qui des yeux paffe à l'ame ;

De l'ame aux fens; qui fécond en defirs,
Dure & s'augmente au comble des plaifirs;
Qui plus heureux n'en eft que plus avide:
Voilà le Dieu de Tibulle & d'Ovide:
Voilà le mien. Heureux cent fois le cœur,
Qui tient du Ciel cet afcendant vainqueur!

Que ce rayon, cette vive étincelle
Perce au travers du fein qui la recele,
Voici les Loix qu'un Amant peut ouir:
Choifir l'objet, l'enflammer, en jouir.
Beautés, Amants, voilà notre carriere.
Déja mon char a franchi la barriere;
Daphné me voit, & l'Amour qui m'entend,
Met dans fes mains le myrthe qui m'attend.
Jadis un Sage armé d'un trait de flamme,
Analyfa les voluptés de l'ame:
Platon.... mais quoi, d'un froid mortel atteint,
L'Amour a fui, fon flambeau s'eft éteint.
Ceffe, a-t-il dit, ou choifis mieux ton guide;
A fes leçons vois l'ennui qui préfide:
Ofe-tu bien à Cythere, à ma Cour,
Donner pour Loi fon chimérique Amour?
Ne veux-tu pas, martyr de la conftance,
Prêcher des cœurs l'éternelle alliance?
Mais devant qui, zélateur indifcret,
De tes langueurs vas-tu chanter l'attrait?

A 2

Un joug pénible eft-il donc le partage ;
D'un peuple ardent, indocile, volage ;
Fidele à Mars, mais perfide aux Amours,
Fait pour jouir, plaire & changer toujours.
Vois par fes goûts quel doit être fon maître,
Et pour l'inftruire apprends à le connaître.

    Dieu de mon cœur, tes abus font mes loix,
Je n'irai point, en préceptes gaulois,
Changer les mœurs de tes chers Infideles,
Vieillir ton âge, attenter fur tes aîles ;
Tout m'eft facré dans le Dieu que je fers ;
De tes captifs j'adoucirai les fers,
Mais fans prefcrire une loi qui t'étonne.
Ta gloire, Amour, ton intérêt ordonne,
Que la conftance éprouvant nos defirs,
Verfe à longs traits la coupe des plaifirs.

    Toi dont le cœur eft né pour la tendreffe,
Conçois tout l'art du choix d'une maîtreffe ;
Il veut des foins ingénieux, conftants:
Cherche, étudie & les lieux & le temps :
Compare, oppofe & vois d'un œil auftere
L'âge, les goûts, l'ame & le caractere.
A tes regards mille objets font offerts ;
Choifi, mais Dieux.... fe choifit-on des fers ?
A-t-en le temps de chercher & d'élire ?

Raifonne-t-on ? l'Amour eft un délire.

L'oifeau qu'en l'air un chaffeur a bleffé,

A-t-il pu voir le trait qu'on a lancé ?

Les traits d'Amour font encor plus rapides :

Son bras caché frappe fes coups perfides,

Il rit d'un cœur vainement étonné,

Le matin libre & le foir enchaîné.

Le Raviffeur qui mit Pergame en poudre,

De cet Amour fentit le coup de foudre ;

Didon brûla d'auffi rapides feux.

Ceux dont le Ciel maîtrife ainfi les vœux,

N'ont pour aimer aucune étude à faire.

Mais par mes loix je leur enfeigne à plaire,

Vous que l'Amour brûle plus lentement,

Apprenez l'art de choifir en aimant.

Tel que Zéphyre au moment qu'il s'éveille

Marque les fleurs que doit fucer l'abeille,

Moi, je parcours les jardins de Cypris,

Et des Beautés je marque ainfi le prix.

En remontant aux fources du bel âge,

Vois l'innocence, adore fon langage,

Les pleurs naïfs, le fourire enfantin,

L'air ingénu, le regard incertain,

Quand les beautés crédules & craintives,

Tiennent encor leurs careffes captives ;

Quand la nature épiant tous fes fens,

A 3

Baiffe les yeux fur fes tréfors naiffans,
Rougit de plaire en cherchant à féduire,
Et veut enfemble ignorer & s'inftruire;
Voilà quinze ans. L'aube aimable du jour,
C'eft une Belle, enfant comme l'Amour,
Qui n'a d'attraits que fa fraîcheur nouvelle,
Et fa pudeur, des graces la plus belle.
L'âge qui fuit développant les traits,
Offre à l'Amour de plus piquants attraits.
Au doux éclat qu'a produit cette aurore,
Succede un jour plus radieux encore;
Et tous les fruits qu'un Amant peut cueillir
Ont achevé de naître & d'embellir.
L'effor eft pris, l'ame a fenti fes aîles;
Tous fes befoins font des fêtes nouvelles;
Le cœur inftruit démêle fes defirs;
C'eft à vingt ans qu'on a tous les plaifirs.
De trente hivers le temps marque les traces,
La beauté perd ce qu'on ajoute aux Graces;
On n'eft plus jeune, on eft belle pourtant;
On met plus d'art aux pieges que l'on tend:
C'eft le tiffu des intrigues fecrettes,
L'art des atours, l'arfenal des toilettes:
Le foin de plaire & la foif de jouir,
Redouble encor, loin de s'évanouir.
Par l'âge accrus, les fens ont plus d'empire;

C'était l'Amour, c'eſt alors ſon délire;
Ardent, avide, impétueux, hardi;
C'eſt un Soleil brûlant en ſon midi.

Moins jeune encor la beauté nous engage.
L'art du maintien, les graces du langage,
Les dons acquis, les charmes empruntés,
Donnent un luſtre au couchant des Beautés.
L'Amour fidele à leurs flammes conſtantes,
Se gliſſe encor ſous les rides naiſſantes,
Et pour regner juſqu'aux derniers inſtants,
Seme de fleurs les ruines du temps.
La jeune Roſe en ſe preſſant d'éclore,
Fait, au matin, le charme de l'aurore:
Clytie, au ſoir, dans ſon riche appareil,
Fait l'ornement du coucher du Soleil.
Tout plaît un jour, tout âge a ſes délices:
Ces dons divers ſont faits pour nos caprices,
Par eux l'Amour variant ſes attraits,
Forme un carquois d'inépuiſables traits.
Il eſt des yeux dont la langueur touchante
Pénetre un cœur, l'amollit & l'enchante:
D'autres plus vifs l'enflamment à leur tour:
Ce ſont les traits, les foudres de l'Amour.
L'une a du port l'élégante nobleſſe,
L'autre une taille où languit la molleſſe;
Plus d'embonpoint embellit celle-ci.

A 4

Là font les lys, les rofes font ici.

Chaque beauté fait un lot à chacune;

Laure était blonde, & Corine était brune.

     Quand l'œil a vu, quand ce trait eft lancé,

Le choix d'un cœur veut être balancé.

Une coquette & brillante & légere,

Plaira toujours par fon étude à plaire.

Tendre, naïve, égale en fa pudeur,

La fimple Agnès excite plus d'ardeur,

Lorfqu'un Amant l'aidant à fe connaître

Par le plaifir lui fait fentir fon être.

La Prude anime & plaît à défarmer.

Une Myftique excelle à bien aimer.

Dans le plaifir, la Folle qui s'enflamme,

Met plus d'efprit, la Rêveufe plus d'ame,

J'aime un caprice & de feintes rigueurs:

Sauvons l'amour du pavot des langueurs.

De l'enjouement Eglé fait fon partage:

Life a le goût; Charite le langage:

Cloé fe tait; mais l'amour dans fes yeux,

Met fon efprit qui n'en parle que mieux.

     Sur trois états décide ton hommage:

Cloé t'appelle aux moiffons du bel âge;

C'eft une fleur qui n'attend que le jour,

Qui doit l'ouvrir au fouffle de l'amour.

Celle qu'Hymen veut fouftraire à tes armes,

Aimant par fraude, aime avec plus de charmes;
Et fecouant les chaînes d'un jaloux,
Sert mieux l'Amant, pour mieux tromper l'Epoux.
D'un deuil frivole écarte le nuage,
Et glane au champ du tranquille veuvage.
C'eft un afyle où fans peine écouté,
L'Amant heureux jouit en liberté.
Ce fexe aimable a tout ce qu'on adore;
Tous les talents l'embelliffent encore.
Sur tous les Arts fes beaux yeux font ouverts;
Vénus inftruit, les Graces font des vers;
Sapho, Corinne ont des Sœurs dignes d'elles.
Vois l'ambigu des toilettes des Belles;
Tout ce qui fert l'efprit & les appas;
Livres, atours, bijoux, lyres, compas,
Couvrent l'autel de Flore & de Thalie.
Pourquoi blâmer ce que leur culte allie?
Ce font les jeux des amours triomphants;
Albane eut peint ces folâtres enfants:
L'un pour fervir une flamme fecrette,
Contre un jaloux dirige une lunette;
L'autre en un coin calcule fes defirs,
Ou traite à fond l'effence des plaifirs.
Tel à fa voix joint un clavier fonore;
Tel autre efquife un objet qu'il adore.
Suivez, Amants, ce qui plaît aux amours.

L'art donne à tout fes utiles fecours.
Je fais quel charme il prête à la tendreffe :
J'ai vu Daphné, Syréne enchantereffe,
Sous un treillage où Bacchus eft vainqueur,
Boire, verfer & chanter fa liqueur.
J'ai vu Daphné, Terpficore légere,
Sur un tapis de rofe & de fougere,
S'abandonner à des fons pleins d'appas,
Voler, languir & mefurant fes pas,
Tendre au plaifir les bras qu'elle déploye.
Telle en verfant le neƈtar & la joye,
D'un pas léger fur la voûte des cieux,
La jeune Hébé danfe aux feftins des Dieux.
Ou telle encor, plus vive & plus tonchante,
Sallé pourfuit Amadis qui l'enchante.

Pour faire un choix, habite aux lieux divers,
Où la Beauté donne & reçoit des fers.
Vole au grand jour, porte tes yeux avides,
Dans ces jardins peuplés de nos Armides ;
Cherche ta proye, à la Ville, à la Cour :
Les bals feront des fêtes pour l'amour.
De plus d'objets vois la Scene embellie,
Chez Melpomene, aux loges de Thalie,
Sur ce Théatre aux magiques accens,
Où tous les Arts enchantent tous les fens ;
Où la Beauté paraiffant fous les armes,

Veut fans rien voir, étaler tous fes charmes.
Tout rit, tout plaît, tout brille en ce féjour ;
Le cœur, les fens, l'amour-propre, l'amour.
Le Dieu des ris, celui de la molleſſe,
De tous les fucs compofent une ivreſſe,
Dans ce cahos d'un monde féducteur,
Tout eſt fpectacle & chacun eſt acteur.
Monte & pourfuis ta carriere galante,
Vois de la Cour la Planete brillante ;
Leve tes yeux fur ces aſtres nouveaux,
L'illuſion va les rendre plus beaux.
Les Déités de cet Olympe aimable,
Auront une ame acceſſible & traitable :
Tu les verras, mortelles à leur tour,
De la grandeur defcendre pour l'amour,
Paſſer du Louvre au tapis des fougeres,
Et foupirer ainſi que les Bergeres.

Beautés, ô vous l'objet de notre choix !
Pour en faire un, fuivez auſſi mes loix,
Il veut plus d'art, de myſtere & d'attente,
Qu'à fon début doit trembler une Amante !
Quel embarras fuit le don de fon cœur !
Et quel tourment fi Jafon eſt vainqueur !
L'Amant trop jeune eſt un Zéphyr volage ;
L'ambition remplit l'été de l'âge.
Lent à répondre à de jeunes ardeurs,

L'Automne arrive & n'a que des tiédeurs :
Pour le vieillard , infenfé, s'il eft tendre,
Des feux d'amour, il n'a plus que la cendre.
　　Si vous craignez les renoms éclatants ,
Défiez-vous des demi-Dieux du temps ,
Qui l'un & l'autre enchaînant vos images ,
Vont poblier vos crédules hommages ;
Qui décélant leur culte & vos Autels ,
Ne font heureux qu'autant qu'on les croit tels,
La Renommée & fes cent voix perfides
Sont les échos de leurs crimes rapides.
Tel un éclair qui brille & qui s'enfuit ,
Laiffe après lui le tonnerre & le bruit.
Fuyez des grands l'appareil infidele,
L'éclat d'un nom coûta cher à Sémele.
　　D'autres fauront à vos fers attachés
S'enfevelir dans des plaifirs cachés.
Pour en tracer une image fenfible ,
L'amour conftant eft comme un Lac paifible ,
Profond , égal, toujours beau, toujours clair,
Inacceffible aux tempêtes de l'air ;
Qui fans chercher le tribut d'autres ondes,
Se régénere en fes fources fécondes :
L'amour volage eft femblable au torrent,
Il tombe , il roule, il fuit en murmurant ;
Tari bientôt dans fa fource égarée ,

Né d'un orage, il en a la durée.
Suivez les flots dont le calme est certain ;
D'un heureux choix dépend votre destin.
Par son respect l'amant vrai se déclare ;
C'est lui qui craint, qui se fuit, qui s'égare ;
Qui d'un regard fait son suprême bien ,
Defire tout, prétend peu, n'ose rien ;
Qui fur les fleurs fait marcher la constance ;
Voit tout en beau, met tout en jouissance ;
Dans les revers armé de plus de feux,
Dans les faveurs empressé quoiqu'heureux.
  Il est encor de ces Amants fideles ,
Qui de l'amour ont les feux, non les aîles ,
Qui dans ce siecle, âge des inconstants ,
Gardent les mœurs de l'enfance des temps.
Pour dérober une flamme inconnue ,
L'Amant d'Io la couvrit d'une nue.
On vit Alphée humble dans ses roseaux ,
Cacher le cours & le lit de ses eaux,
Et s'écoulant dans fa route confuse ,
Se perdre au sein de la tendre Aréthuse.
Ces vrais Amants n'habitent pas la Cour
L'ambitieux est-il fait pour l'Amour ?
Là sous son dais, la fortune jalouse ,
Veut tout entier un Amant qu'elle épouse :
En soupirant moins d'amour que d'ennui,

Séjan vous trompe & n'adore que lui;
Pour affermir des liens plus durables,
Cherchez en nous des qualités aimables.
Nyrée eſt beau; j'y veux encore un point;
C'eſt de l'eſprit; car les ſots n'aiment point
Appéſanti du poids de la matiere,
Que fait aux bras d'une Amante groſſiere,
Ce vil Créſus dont l'or ſeul éblouit?
Et jouit-on, ſans penſer qu'on jouit?
De quelqu'effort que les ſens nous ſecondent,
Les nuits d'amour d'interregnes abondent.
L'eſprit ſupplée à des feux languiſſants;
Et ſon travail fait le repos des ſens.

De nos plaiſirs compagnon plus ſolide,
Le ſentiment veut être auſſi leur guide.
Mais ſecourus par l'eſprit & par lui,
Craignez encor de retrouver l'ennui.
Fuyez ſur-tout l'amour triſte & bizare
D'un ſoupirant pâmé ſur ſa guitare,
Gravement fou, ſottement circonſpect,
Qui promenant l'ennui de ſon reſpect,
Dit aux échos les tourments qu'il eſſuye,
Dupe & martyr des beautés qu'il ennuye.
Ah! que plutôt j'élirois à ce prix,
Le plus changeant des enfants de Cypris!
Craignez auſſi le platonique hommage,

D'un fot qui fait de Cupidon un fage;
Et l'efprit pur de l'infipide Amant,
Près d'une Belle affis nonchalamment,
Qui de l'amour, docteur pâle & frivole,
Fait un fyftême & du lit une école;
Qui fans chaleur dit qu'il brûle toujours,
N'admet que l'ame en fes chaftes amours,
Qu'un feu fubtil, impuiffant, météore;
Mais qui diftingue, argumente, perore,
De fon néant vante en lui les appas,
Et blâme en moi le pouvoir qu'il n'a pas.

Loin, loin de nous la doctrine glacée,
Qui fait l'Amour enfant de la penfée;
L'Amour brûlant, avide, impétueux,
Moteur actif des fens tumultueux,
Nourri d'efpoir, accrû par les délices,
Fécond en vœux, prodigue en facrifices:
Qu'il brille encor des feux du fentiment;
Que l'ame ait part à cet embrafement,
Que l'efprit même épurant la matiere,
Aux voluptés prête enfin fa lumiere:
Mais je l'ai dit; c'eft un Dieu qui m'inftruit;
Otez les fens, tout amour eft détruit.

Je vous attefte, ô Beautés que j'enfeigne!
De cet Amour, oui, vous fuivez l'enfeigne.
Qu'un jeune Amant pour plaire à vos regards,

Ait le teint, l'âge & la taille de Mars:
Sans ces attraits qu'à Florence on renomme ;
La fanté mâle eft la beauté de l'homme.
Trouvez pourtant, s'il fe peut, réunis
Les dons d'Alcide, & les traits d'Adonis :
S'il faut des deux que votre goût décide ,
Vous rougirez ; mais vous prendrez Alcide.
Pour ajouter la peinture à cés traits ,
D'un payfage égayons nos portraits.

La Cour de Pan vit un jeune Satyre ;
Novice encor dans l'amoureux martyre ;
De fes ardeurs dévoré nuit & jour ,
Impatient des premiers feux d'amour.
Sans trop d'éclat le demi-Dieu fauvage ;
Joignait la force aux graces du bel âge.
D'un front d'audace & d'un œil d'attentat ;
Prognoftiquant les mœurs de fon état,
Il pourfuivait Dryades & Napées,
Ou fous l'écorce, ou fous l'onde échappées ;
Toutes fuyaient fon afpect indécent.
De fa laideur lui-même rougiffant ,
Il crut un jour corriger la nature,
Et de rofeaux fe fit une ceinture.
Mais quel efpoir qu'un Faune fe contint ?
Il n'eft rofeau , ni feuillage qui tint :
Il ignoroit qu'à fes maux plus fenfible ;

La jeune Églé n'étoit point invincible.
Elle le vit, cet objet de terreur;
Et fon maintien ne lui fit point horreur.
Elle fuyait; mais Églé dans fa fuite,
Tournait la tête, Églé fuyait moins vite.
Le Faune ardent, pour revoir fes appas,
Ou devançait, ou fuivait tous fes pas.
Errant un jour dans fa fougue incertaine,
Au fond d'un bois il vit une fontaine,
Qu'on appellait fontaine de Beauté:
Toute laideur fur ce bord enchanté,
Difparaiffait; dans fa douleur profonde,
Il veut tenter le miracle de l'onde:
Il entre; à peine il en touche le bord,
Son pied de faune y difparaît d'abord,
Sa jambe après; l'eau montant à mefure,
De fes genoux paffait à la ceinture:
Ainfi croiffait le prodige des eaux.
Un cri fortit tout-à-coup des rofeaux.
Demeure, attend, fuis cette onde funefte:
Ah! garde-toi d'embellir ce qui refte,
Charmant Satyre, hélas! que deviens-tu?
C'était Églé, qui, malgré fa vertu,
Cédant alors à fa crainte ingénue
Entre fes bras s'élance à demi-nue.
De fes confeils Églé reçut le prix.

B

Sur ce bord même où le Satyre épris
Perdit la fleur qui caufait fon martyre ;
Eh quel tréfor que la fleur d'un Satyre !

Que fans emblême un maître plus profond ;
Montre au beau Sexe à démêler à fond,
La laideur mâle & la beauté débile ;
Ma plume eft chafte & le Sexe eft habile.

Fin du premier Chant.

CHANT SECOND.

DEs dons du Ciel, le plus cher à nos yeux,
Eſt ce rayon de l'eſſence des Dieux,
Cet aſcendant, ce charme inexprimable,
Ce trait divin par qui l'homme eſt aimable.
Ce don de plaire enfin plus ſouhaité,
Que n'eſt l'eſprit; plus ſûr que la beauté:
Sur tous nos traits il imprime ſes traces;
Il donne à tous le coloris des graces;
Séduit ſans art, enchaîne ſans effort,
De la tendreſſe eſt l'aiman le plus fort:
C'eſt une autre ame à nos reſſorts unie,
Qui d'un beau tout compoſe l'harmonie.
Vous qui portez ce caractere heureux,
Je vous fais Rois de l'empire amoureux.

Sans pénétrer juſqu'au ſombre rivage,
Sans taliſman, ſans philtre, ſans breuvage,
Sans Canidie & tout l'enfer armé,
Soyez aimable & vous ferez aimé.
Qui fait aimer eſt plus aimable encore;
Un cœur ſenſible eſt ce qu'un cœur adore:

La beauté plaît; foutenons fes attraits ;
Du fentiment, le plus beau de fes traits.

    Toi , dont l'amour augmentera les charmes ,
Qu'un peu d'audace accompagne tes armes :
Lance tes traits , frappe & fois convaincu ,
Qu'on peut tout vaincre & tout fera vaincu.
La plus rebelle eft fouvent la plus tendre ;
Telle qui feint & qui languit d'attendre,
D'un feu couvert brûlant au fond du cœur ,
Combat d'un air qui demande un vainqueur.
Fieres Beautés, Prudes de tous les âges,
Qui nous vantez vos caprices fauvages ,
Écoutéz-moi ; cet oracle eft certain.
On aime un jour, c'eft l'arrêt du deftin.
Ufez des biens que le Printemps vous donne ;
Un Dieu vengeur vous attend à l'Automne ,
Et puniffant une indocile erreur ,
Garde un Atys pour Cybele en fureur.
Craignez l'amour, étudiez fon heure ,
La beauté fuit , le cœur entier demeure,
Seche, languit , & tout percé de traits ,
Eft dévoré du ferpent des regrets.
Mais nous , chargés des plaifirs du bel âge ,
De leurs attraits précipitons l'ufage ,
Et combattant d'imbécilles efforts ,
Par les plaifirs fauvons-les des remords.

Ne prétends pas , toi qui veux les furprendre,

Du même affaut les forcer à fe rendre.

J'offre à tes pas mille fentiers ouverts :

Car felon l'âge , il eft des foins divers.

Un jeune objet enchanté de lui-même,

Veut qu'on le flatte encor plus qu'on ne l'aime.

L'Amant qui loue eft l'Amant couronné :

Avant l'amour, l'amour-propre étoit né.

L'ambitieufe en proie à fa manie,

Doit à l'intrigue affervir ton génie ;

Fuis le repos, vois les Grands, fuis la Cour,

Et fais fervir la fortune à l'amour.

La Beauté vaine au luxe s'abandonne,

Et s'attendrit des fêtes qu'on lui donne.

Amants d'éclat , Courtifans de renom,

Vous que décore & produit un beau nom ;

D'un air d'audace abordez les cruelles,

D'écrits galants inondez les ruelles ;

Amants par fafte & volages par goût,

Vous n'aimez rien , quand vous adorez tout ;

Mais vous plaifez par le charme fuprême

D'un air , d'un ton, d'un ridicule même ;

Brillants Auteurs des fcandales du temps,

Trop dangereux, fi vous étiez conftants.

Toi , qui loin d'eux dans la route commune,

N'es , comme moi , qu'un foldat de fortune,

B 3.

Sans ces fecours, vole au combat, fuis moi,
Et par toi feul ofe fuffire à toi.
Pour mieux féduire, apprends à te contraindre,
L'amour permet l'art que l'on met à feindre.
Amant foumis, Protée adorateur,
Voile ton front du mafque adulateur;
Ris fi l'on rit, pleure fi l'on foupire;
Ris d'une folle, imite fon délire;
Pour une Mufe orne ce que tu dis;
Eft-on dévot? Sois dévot & médis:
Fuis ce qu'on hait, encenfe ce qu'on loue;
Gai, fi l'on chante, & dupe fi l'on joue.

Au ton d'efprit qui triomphe aujourd'hui,
Sans foin du tien, veille à celui d'autrui.
Dis ce qu'on fait, prête un mot qu'on oublie;
Amene un trait, opere une faillie:
Lent à briller, fais qu'on brille en tout point;
Humble artifan de l'efprit qu'on n'a point,
Adore tout, pour te rendre adorable:
Qu'il eft aimé celui qui rend aimable!

O qu'en amour l'exemple eft triomphant
Pour entraîner un cœur qui fe défend!
Aux yeux charmés d'une timide Amante,
De nos Beautés peins la foule galante,
Porte à l'excès leur penchant amoureux;
Rends tout amant, tout aimé, tout heureux.

Offre en tous lieux la Circé de Pétrone,
Comme Buffi, peins les mœurs de d'Olone:
Donne à chacune une intrigue, un Amant,
Si le vrai nom t'échappe en ce moment,
Nomme toujours, cite un tel, fais connaître
Celui qui l'eft, qui le fut, qui va l'être;
Auteur fécond d'anecdotes d'amours
Vois tes fuccès naître de tes difcours.
L'exemple alors eft un ordre fuprême,
Des feux d'autrui l'on s'embrafe foi-même.

Si ta Vénus brûle d'un autre amour,
Differe un temps à parler à ton tour.
Couvre tes foins du bandeau de l'eftime,
Deviens l'ami, le confident, l'intime,
L'Amant fuivra, favori fpectateur,
Et le témoin fera dans peu l'acteur.
Aux petits foins, enfans de la tendreffe,
Ajoute encor des dons de toute efpece.
Dans nos Cités le luxe ingénieux
Prête aux Amants des fecours précieux.
Dans le hameau la fimple Timarette
N'attend d'Hilas que fon chien, fa houlette;
Mais Danaé veut pour prendre des fers,
Voir briller l'or de cent bijoux divers:
Pour l'enrichir de fragiles merveilles,
L'art & la mode ont épuifé leurs veilles;

Et Clinchette plus féduifant encor
Y joint fes dons plus à craindre que l'or.
D'un rien fouvent une Belle s'enflamme,
Et par les yeux le trait paffe dans l'ame.
Qu'elle ait par toi ces Livres féduéteurs
Faits pour l'amour, l'amour a fes Auteurs,
Agents muets dont l'atteinte eft certaine,
D'Urfé, Quinault, Pétrarque, La Fontaine,
Pétrone, Ovide & mon Tibulle auffi :
Le premier voile eft par eux éclairci.
On conjeéture, on foupçonne, on devine,
Le cœur raifonne & l'inftinét s'achemine :
Le rameau d'or eft enfin découvert.
Ainfi le feu, qui de cendre eft couvert,
Impatient fous le poids qui l'opprime,
Cherche au dehors un fouffle qui l'anime.
  Les chaftes Sœurs fervent auffi l'amour.
Si le talent vous conduit à leur cour ;
En madrigaux préfentez vos fleurettes,
Et modulez des concerts d'amourettes.
Mais n'allez pas, Caftillan ténébreux,
D'une Ifabelle efclave langoureux,
Sous un balcon fatiguant des cruelles,
Tranfir de froid pour enflammer vos Belles.
L'Amant Français fuit un autre chemin :

On le verra, le champagne à la main,
D'un Vaudeville agaçant une Belle,
Chanter gaîment son martyre pour elle.
Chez nous l'amour jouit d'un plus doux sort:
On aime, on brûle, on expire & l'on dort.
Il est des temps où la nature amante,
Inspire à tous sa chaleur renaissante ;
Soupire alors : l'Amour ainsi que Mars,
A des saisons pour tenter les hazards.
Lorsque Zéphyr a déployé ses aîles,
Il rend à tous des parures nouvelles,
L'émail aux près, la verdure aux côteaux,
Le calme à l'onde & l'ame aux végétaux :
Quand tout s'anime à ses douces haleines,
Vénus entiere habite dans nos veines,
Répand ses feux qu'on n'y peut contenir :
Quant tout renaît, tout renaît pour s'unir.
C'est l'heureux temps des conquêtes rapides ;
C'est la moisson du myrthe des Alcides.
Comme les fleurs, l'ame s'épanouit,
On voit, on aime, on plaît & l'on jouit.
Gazon, berceau, trône & lit de verdure,
Sont à l'amour offerts par la nature.

Toi, qui n'as pu, de Delphire amoureux,
De ses faveurs trouver l'instant heureux ;

Vient l'égarer au fond de ce bocage ;
Ces bois font faits pour fa pudeur fauvage.
Là par degrés dévoile tes amours ;
Dis qu'elle eft belle en l'égarant toujours.
Elle t'évite & pourtant fe hazarde,
Fuis, mais reviens ; fuis encor, mais regarde.
Suis, ne crains rien : cette ombre, ce féjour,
Cette horreur même encourage l'amour.
De ce gazon la fraîcheur vous attire ;
J'y vois la place où va tomber Delphire :
Acheve, éprouve, un inftant de courroux,
Meurs à fes pieds, embraffe fes genoux,
Baigne de pleurs cette main qu'elle oublie :
Elle rougit ; c'eft fa fierté qui plie.
Elle fe taie, l'amour parle, crois-moi,
Preffe, ofe tout & Delphire eft à toi.

Quand les frimats du Sagittaire humide,
Glacent aux champs la Driade timide ;
Lorfque Borée à fon trifte retour,
Rend aux Cités les Belles & l'amour ;
Par d'autres foins pourfuis d'autres conquêtes :
C'étaient des jeux ; ce font ici des fêtes.
Vole au théatre, aux cercles, aux feftins,
L'amour au Bal a des fuccès certains :
L'éclat du lieu, le tumulte, la danfe,

L'air du defir, la voix de la licence,
L'impunité du mafque officieux,
Tout y fait naître un feu féditieux.
Écoute & parle un jargon téméraire,
Tout dire eft l'art qui conduit à tout faire.
 C'eft au matin qu'un amant plus heureux
Saifit l'inftant d'un reveil amoureux.
Arrive ; on fonne, on entre chez Aglaure,
De fes rideaux mille amours vont éclore.
Elle eft fans fard, fans voile, fans atour,
Ce que l'Aurore eft au berceau du jour.
A fa toilette affife avec molleffe,
La mode active & le goût & l'adreffe
Forment ces nœuds où leur art fe confond
A méditer un frivole profond.
Les petits foins apportent fur leurs aîles
Ces riens galants, les tréfors de nos Belles,
Flore & Plutus mêlent élégamment,
L'éclat des fleurs au feu du diamant,
Ornant tous deux par un lent artifice
De fes cheveux le moderne édifice.
A cet autel paré de tant d'appas,
Quelque Nérine ayant conduit tes pas,
A ton idole adreffe un tendre hommage.
Quand fa beauté fourit à fon image,

Lorsqu'un miroir complaisant & flatteur ,

Lui réfléchit un charme adulateur ,

C'est le vrai temps où l'ame des coquettes

Suce le miel du jargon des fleurettes.

D'un jeune objet conçois-tu les plaisirs;

De s'enflammer , d'exciter tes desirs,

D'être adoré , de s'adorer lui-même,

Et d'embellir aux yeux de ce qu'il aime,

Nérine encor (car Nérine peut tout,)

En ta faveur décidera son goût.

Livre à ses soins le billet le plus tendre :

On peut tout lire, on ne peut tout entendre.

Pénetre encor aux toilettes du soir ;

La nuit amene & l'audace & l'espoir.

Du négligé la piquante parure ,

Ne laissera qu'un voile à la nature :

Le soin de l'art est d'en affecter moins.

Tu peux tout voir, sans jaloux , sans témoins,

Un feint désordre, un hazard fait paraître

Un bras tout nud, un sein qui voudrait l'être.

C'est un genou balancé mollement :

C'est la langueur d'un tendre mouvement,

Et ce coup d'œil d'une amante échauffée

Si l'on encor des pavots de Morphée.

Ton heure sonne ; attaque en leur séjour ,

Ces deux captifs que te livre l'amour :
Surprend, déſarme une pudeur rebelle.
Qui riſque tout, obtient tout d'une belle :
Elle s'épuiſe en combats ſuperflus ;
Et le combat n'eſt qu'un plaiſir de plus.

 Modéré ailleurs cette ardeur pétulante :
Telle autre exige une attaque plus lente.
Du romaneſque entêté follement ,
Le cœur en fait ſon premier aliment.
Un jeune objet, le plus vif, le plus tendre,
Compte toujours brûler & ſe défendre ;
Cedes à l'ame & réſiſtes aux ſens.
Feins d'adopter ſes projets innocents :
Pur Céladon, adore ſa chimere,
Traite d'horreur une attache vulgaire ,
D'ignobles feux de terreſtres plaiſirs :
Laiſſe agir ſeul l'aiguillon des deſirs.
Par eux bientôt ſa flamme démontrée ,
Te répondra des ſens de ton Aſtrée.
Le vrai triomphe. Et telle en déclamant,
Contre l'amour , tombe aux bras de l'amant.

 Mais tout-à-coup quelle foule attentive ,
Prête à mes chants une oreille captive ?
Que de beautés, diſciples de l'amour
Ont émaillé les gazons d'alentour !

Pour leur dicter des leçons immortelles ,
L'amour m'éleve un trône au milieu d'elles.
Dieux! fans brûler, peut-on voir tant d'appas !
Mais qui te voit, Daphné , ne les craint pas.

　　Vous qui fortez de l'âge le plus tendre ,
Beautés fans art, gardez-vous bien d'en prendre.
Tout plait en vous fans art & fans apprêt:
Un défaut même eft fouvent un attrait.
Sur la Beauté vous l'emportez encore ,
Divines Sœurs , ô Graces , que j'adore!
La Beauté frappe & vous attendriffez:
On l'aime un jour : jamais vous ne laffez.

　　Lorfque Cœlus , Pere de Cythérée ,
La vit fortir de fa conque azurée ,
A la Beauté tout le Ciel applaudit ;
Pluton parut , Jupiter defcendit ;
Thétis, Nerée & le Peuple de l'onde ,
Tout reconnut la Maîtreffe du monde.
Sur le rivage, accourus pour la voir ,
Les Dieux des bois célébraient fon pouvoir ;
Et des ruiffeaux les tendres Souveraines
Mêlaient leurs voix aux concerts des Syrenes.
A tant d'appas un feul manquait encor ;
Du haut des Cieux Mercure prit l'effor ,
Fendit les airs & guida fur fes traces

Trois Déités qu'on appella les Graces;
Elles tenaient la ceinture en leurs mains,
Ce don des Dieux, ce charme des humains :
Vénus s'arma du fceau de fa puiffance,
Vénus fourit & l'amour prit naiffance.
Un feu foudain embrafa l'Univers,
Le ftix, l'olympe & la terre & les mers.
Thétis brûla pour l'Océan avide,
Triton fuivit l'ardente Néréide,
Et Palemon s'abîmant fous les eaux,
Preffa Doris fur un lit de rofeaux.
Junon donnant l'exemple à fes Déeffes,
Tint Jupiter pâmé dans fes careffes.
Diane même, au fond de fes forêts,
Dut à l'Amour certains plaifirs fecrets.
Le Dieu du fleuve au lit de fa Nayade,
Faune, Égipan, & Satyre & Dryade,
Tout éprouvant le charme de ce jour,
Par l'amour même on célébra l'amour.
. . Tel fut l'attrait des Graces immortelles:
Vous que j'enfeigne, enchantez-nous par elles;
Affociez à leur accord charmant,
Les jeux badins, le folâtre enjoûment,
Le rire aimable, ami de la jeuneffe;
Né de la joye, il la produit fans ceffe,

Flatte l'efpoir, infpire le defir,
Et peins les traits des couleurs du plaifir.
Plus enchanteur, plus éloquent, plus tendre;
Un doux fourire en fera plus entendre.
D'un autre charme on connoît tout le prix,
Il eft des pleurs plus touchants que les ris.

   Par un perfide Ariane abufée
Armait les Dieux contre l'ingrat Théfée ;
Et l'œil mourant, le fein baigné de pleurs,
Sur un rocher leur contait fes douleurs.
Un Dieu paraît, les ris & la jeuneffe,
Font retentir mille chants d'alégreffe ;
Et les amours fe jouant fur fon char,
En font jaillir des ruiffeaux de Nectar.
Du Dieu du Thirfe elle arrête la courfe;
Il voit fes pleurs, il en tarit la fource;
Plaint & confole une amante aux abois,
Et dans fes bras la venge mille fois.
Ainfi Bacchus, l'ennemi des allarmes,
Le Dieu des ris, eft vainqueur par des larmes.

   Trop tôt peut-être écoutant un vainqueur,
La fœur de Phédre abandonna fon cœur.
Voilez un temps le fecret de vos ames,
L'impatience attifera nos flammes.
Que les refus, plus piquants que les dons,

Ren-

Rendent plus chers les tendres abandons :
Cédez toujours, mais jamais fans défenfe ;
En vous hâtant, faites qu'on vous dévance:
Retenez-bien fur-tout cet heureux mot,
Ce doux *Nenni* qui plaît tant à Marot.

O vous en qui moins de beauté, plus d'âge
Ont de mon art exigé plus d'ufage,
Parez l'autel où doit fumer l'encens,
Touchez le cœur ; mais attachez les fens ;
Dérobez-nous fous des ombres difcrettes,
L'intérieur des premieres toilettes.
Des foins prudents & des befoins fecrets,
L'œil du matin verra tous les apprêts.
Que la parure, habile enchantereffe,
Sous ce qui plaît dérobe ce qui bleffe.
Qu'un fein trop humble à fa place arrêté
Offre un Amour, de fon frere écarté.
L'art des atours compofe en apparence,
Un port brillant dans fa jufte élégance :
Il donne, il cache, il place l'embonpoint;
En modelant les formes qu'on n'a point.
Voyez l'Iris qui colore un nuage :
Ufez ainfi, mais tempérez l'ufage
D'un incarnat à Cythere apprêté,
Ame du tient, paftel de la beauté,
Dans une glace, école du fourire,

C

De vos attraits établiſſez l'empire,
Et de l'art ſeul tenant ce qu'il leur faut,
Faites rougir la nature en défaut.
Lorſqu'on a fait la conquête d'une ame,
L'art plus ſavant eſt de nourir ſa flamme.
Je ſais qu'Amour, en ſes jeux inconſtants,
Eſt, pour s'enfuir, ailé comme le temps :
Même à jouir s'uſe la jouiſſance.
De deux Amants, l'un plutôt en balance
Perd l'équilibre, &, laſſé d'être heureux,
Pour trop brûler n'a bientôt plus de feux.
Suivez de l'œil ces jeunes hyrondelles
Qui fendent l'air en ſe touchant des ailes ;
Des deux oiſeaux partis du même eſſor,
L'un eſt tombé, quand l'autre vole encor.
Éveille-toi, daigne encor me connaître,
Peuple amoureux. Peux-tu ceſſer de l'être ?
Le péril ſuit un Amant juſqu'au port ;
S'il s'y repoſe, il ſommeille & s'endort.
Pour l'exciter, cherchons-lui des obſtacles,
Par eux l'Amour opere ſes miracles.
Heureux qui craint les chaînes d'un époux !
Les yeux d'un pere & les pas d'un jaloux !
L'Amant glacé qui jouit ſans contrainte,
Voit ſans plaiſir ce qu'il obtient ſans crainte.
Et le ſtilet, l'eſcalade & la nuit

Prêtent un charme aux beautés que l'on fuit.
L'Envie, Argus & Junon irritée,
Rendent plus belle Io perfécutée.

Le tête-à-tête au début fi charmant,
Paffe à la fin du délire au tourment.
On s'eft tout dit & l'Amante s'accufe
Près de l'Amant, bégayant une excufe.
D'un peu d'abfence inquiétez l'Amour,
Et vendez-lui le plaifir du retour.
Craignez des nuits la langueur redoutable,
Il n'eft qu'un temps pour la trouver aimable.
Quand du plaifir le trait eft émouffé;
Plus d'un Athlete avant l'aube glacé,
Attend le jour, fe morfond & fe gêne,
Il faut un Dieu pour une nuit d'Alcmene.

Par un utile & dangereux fecours,
La jaloufie aide encore aux Amours.
Mais n'aimons pas, comme on dit qu'on détefte;
Fuyez ce monftre à qui tout eft funefte,
Qui n'écoutant qu'un foupçon orageux,
Se plaint des ris, s'effarouche des jeux.
Le nom d'Amour eft du fiel en fa bouche:
Sa main flétrit les rofes qu'elle touche.
Tout l'empoifonne & malgré fa noirceur,
Du tendre Amour elle fe dit la fœur.
Ah ! connaiffez une autre jaloufie:

C a

D'amour, d'efpoir & de crainte faifie,

Les yeux en pleurs & les cheveux épars ;

Levant au Ciel le feu de fes regards,

Sans invoquer Médée & fa magie,

Sa douce voix foupire une élégie:

Le prompt oubli fuccede à fon erreur;

Tendre à l'excès, elle aime avec fureur,

Soupçonne, éclate, accufe, mais pardonne,

Et rend heureux Pâris aux pieds d'Œnone.

Telle n'eft point la tempête des airs,

Lorfque Junon, parcourant l'univers,

Met tout en feu pour un époux volage;

Mais telle Iris plus calme en fon nuage,

En foupirant verfe encore des pleurs,

Revoit fon aftre & reprend fes couleurs.

Souvent l'humeur d'une maîtreffe altiere

Fait d'un reproche une rupture entiere.

Je n'ofe auffi prefcrire à deux Amants,

L'art dangereux des racommodemens.

Pour ranimer un feu que le temps glace,

Paraiffez craindre un coup qui vous menace.

Le fentiment foible, éteint à moitié,

Renaît bien vîte aux pleurs de la pitié.

Je le redis enfin: que le myftere

Soit à l'Amour un rempart falutaire.

Ce Dieu fera vainqueur de tout effort,

S'il s'y retranche, & vaincu s'il en fort.

Qu'à pas-comptés la fûreté vous guide :

Au bout du monde eſt le Palais d'Armide;

Et quand l'Amour vole au fein de Pſiché,

C'eſt un défert où l'Amour eſt caché.

Tel eſt, Daphné, l'encens que je t'adreſſe ;

Je dis mon culte & voile ma Déeſſe.

Sous un nom feint le tien eſt adoré,
Et de nos feux l'afyle eſt ignoré.

Pour y tracer la volupté ſuprême

Je te peindrai, toi, la volupté même.

Accourez tous, Amants faits pour m'ouir;
J'ouvre les cieux, & j'enſeigne à jouir.

Fin du ſecond Chant.

CHANT TROISIEME.

Vénus, ô toi Déeffe d'Épicure !
Ame de tout, qui remplis la nature,
Qui mariant tant d'atómes divers,
D'un nœud durable enchaînes l'univers :
C'eft toi qui vis dans tout ce qui refpire,
Mais c'eft dans l'homme où fiege ton empire.
Tu defcendis au terreftre féjour,
Pour l'animer du fympatique amour.
Il eft des fens, émanés de ta flamme,
Tréfors de l'homme, organes de fon ame,
De fa jeuneffe aimables enchanteurs
Et de l'amour rapides inventeurs.

   Ces Rois de l'homme ont un Roi qui les guide ;
Et fur eux tous, c'eft l'inftinct qui préfide.
Sœur de l'inftinct, la curiofité,
Devant fes pas fit briller fa clarté,
Leva fon voile entr'ouvert à mefure,
Guida fes pas tournés vers la nature,
Et par degrés ménageant fes défirs
Pour tous les fens trouva tous les plaifirs.

Pour ces plaifirs qu'on blâme & qu'on adore
L'antique erreur a condamné Pandore,
Lorfqu'apportant le bonheur en fon fein,
Des paffions elle enfanta l'effain.
L'homme avant elle, & fans ame & fans force,
D'aucun penchant ne connaiffait l'amorce,
Séché d'ennuis, de langueurs confumé,
Obfcur, rampant, vivait inanimé.
Réduit fans voir, fans jouir, fans connaître,
Au froid plaifir de végéter, & d'être ;
Par fes tréfors que le Ciel difpenfa,
L'homme eut une ame, il fentit & penfa.

Mais c'eft l'amour, fource heureufe & féconde,
Qui de ces dons fut le plus cher au monde.
S'il eut alors des fuccès éclatans,
Si l'Art d'aimer fut le même en tout temps,
L'Art de jouir augmenta d'âge en âge.
Le goût, les mœurs, la culture, & l'ufage,
A fes plaifirs prêterent mille attraits,
A Suze, à Rome on fentit fes progrès :
Quel fut l'amour de Tarquin, de Clélie,
Près d'une nuit d'Octave & de Julie ?

Toujours utile aux plaifirs amoureux,
Le luxe a fait le fiecle des heureux.
La terre entiere aujourd'hui fa Patrie,
A mis fon fceptre aux mains de l'induftrie.

C 4

Dieu des talents, du travail & des arts,
Tout vit par lui, tout brille à fes regards.
Mille vaiffeaux élancés des deux mondes,
Sont fes autels qui flottent fur les ondes,
Pour apporter, plus prompts que les defirs,
D'un Pole à l'autre, un tribut aux plaifirs.
Il eft le Dieu des fêtes d'Idalie :
Avec l'amour ce Dieu charmant s'allie,
Dore fes traits, prépare fon encens,
Dans une fête il réveille les fens,
Sur des couffins il endort la molleffe,
Son opulence invite à la tendreffe :
Ses dons vainqueurs foumettant la fierté,
Et fa richeffe embellit la Beauté.

Sans lui pourtant, riche affez de lui-même,
L'Amant heureux jouit de ce qu'il aime,
Et j'établis, dans nos tendres defirs,
Le fentiment bafe de tous plaifirs.
La volupté profonde, inaltérable,
Dans l'ame feule a fa fource durable.
L'ame écartant le terreftre bandeau,
De Promethée allume le flambeau,
Nous ouvre enfin cette route embrafée
Par où l'amour mene à fon Élifée.

Connaiffez donc fes élans, fes tranfports,
Le Dieu des fens peut triompher alors,

S'unir à l'ame, y verser son délire,
Et rendre au cœur le charme qu'il en tire.
Mais redoutez, posseffeur trop heureux,
L'excès fatal du tribut amoureux.
Qu'un Salamandre en ses premiers vertiges,
Tombe énervé pour conter ses prodiges;
Un fage Athlete, au combat plus certain,
Retrouve au foir ses combats du matin:
Silene a bu, mais la foif qui lui refte
Surnage encor fur la coupe célefte.
Aimons ainfi, l'amour doit avec foin,
Laiffer groffir le torrent du befoin.
Que le vainqueur, dans les courfes d'Élide,
Arrive au but, du pas le plus rapide:
Qu'un Amant foit, pour remporter le prix,
Lent à la courfe, aux tournois de Cypris.
Dans mes amours, c'eft vous que je préfere,
Jeux fufpendus, plaifirs que je differe;
Durant un fiecle aux portes du defir,
Éternifons la chaîne du plaifir.

Qu'un calme utile au délire fuccede,
Que la folie occupe l'intermede:
Mille baifers, donnés, pris & rendus,
Cent petits noms, fans ordre confondus,
Sermens, foupirs, jufqu'au filence même,
Tout eft divin aux bras de ce qu'on aime.

Rappellez-vous par des récits charmans,
De vos amours l'attente & les tourmens,
Les premiers jeux d'une pudeur timide,
Et cette nuit où l'on fut un Alcide :
Un mot, un geste, un caprice, un desir,
Change soudain l'attaque du plaisir.
On veut, on tente une approche nouvelle :
Tel Phidias ajustait son modele.

L'Amant heureux qui veut l'être long-temps,
Fuit du Soleil les rayons éclatans :
Dans un jour doux ni trop vif, ni trop sombre,
La nudité veut pour gage un peu d'ombre.
L'âge & Lucine alterent mille attraits :
La beauté même a toujours ses secrets.
Du Dieu du jour Vénus fut adorée ;
Mais tant d'éclat effraya Cythérée,
Et la Déesse évitant ses regards,
Pour se cacher prit les tentes de Mars ;
Couple amoureux, par cette loi prudente,
Le péril cesse & le plaisir augmente ;
Redoutez donc le coup d'œil hazardeux,
D'un examen fatal à tous les deux.
Ma voix dictait ces maximes connues,
Quand tout-à-coup fendant le sein des nues,
L'Amour lui-même a suspendu mes sons.

Ceffe , a-t-il dit, de trop vagues leçons ;
A mes plaifirs prête un autre langage ,
Fuis le précepte , enfeigne par image :
Monte & fuis-moi. Son char étincelant ,
M'a fait voler par un fentier brûlant.
J'ai vu Paphos , Amathonte & Cythere ,
Je l'ai fuivi dans l'Ifle du myftere ;
Viens , m'a-t-il dit , entends ici ma voix ;
Écoute , écris & peins ce que tu vois.

Eh ! de quels traits , Amour , puis-je décrire
La Volupté , Reine de cet Empire ?
Je vis fon temple où brillaient tous les Arts.
Le frontifpice , éclatant aux regards ,
Fait voir ces mots gravés pour tous les âges :
Jouir eft tout : les heureux font les Sages.
Là préfidant aux plaifirs amoureux ,
Déeffe heureufe , elle y rend tout heureux.
Elle jouit , s'endort ou fe réveille ,
Aux fons flatteurs qui charment fon oreille.
De fon pouvoir le trône folemnel
Eft un alcove , un lit eft fon autel.
Près d'elle affis , dans fon apothéofe ,
Eft le bonheur , le front paré de rofe ;
L'efpoir brillant , de faveurs entouré ,
La pamoifon , l'œil au Ciel égaré ,

La jeune audace & la langueur mourante,
Des doux baifers la foule renaiffante,
Le rapt vainqueur, l'attentat libertin,
Le Dieu charmant des fonges du matin,
Voilà fa Cour. La jeune Souveraine,
D'un holocaufte à toute heure certaine,
Voit jour & nuit fur des cœurs palpitans,
Sacrifier des Prêtres de vingt ans ;
Et tour-à-tour dans ces jeux qu'elle anime,
Elle fourit au cri d'une victime.

Plus incertain du choix des voluptés,
Je parcourus ces jardins enchantés.
Dans le féjour d'une éternelle aurore,
Les foins de l'Art, les prodiges de Flore,
Ont furpaffé les chefs-d'œuvres unis
D'Alcinoüs, Lucullus, Adonis.
Du fein riant qu'étale la nature,
Naît le parfum, l'émail & la verdure ;
Des bois profonds, des portiques ouverts,
Les chants d'amour de mille oifeaux divers,
L'onde & fes jeux, la fraîcheur, & l'ombrage,
De la molleffe offrent par-tout l'image,
Et font fentir aux fujets de l'Amour,
L'Efprit de feu qui regne en ce féjour.
Là figurés par des marbres fideles,

Les Dieux amants sont offerts pour modeles.

Sous mille aspects leurs groupes amoureux ;

De la Déesse expriment tous les jeux.

C'était Léda sous un Cygne étendue ,

Neptune au sein d'Amymone éperdue ,

Vénus aux bras d'Adonis enchanté.

Là tout objet , vu pour être imité ,

Fait une loi. Sous cent formes lui-même ,

Jupiter dit comme il faut que l'on aime.

Suivons des Dieux dont l'empire est si doux ;

Adorons-les ces Dieux faits comme nous.

  D'autres objets qui peuplent ces ombrages ,

Sont de l'amour les mobiles images :

Sur des gazons couronnés des berceaux ,

Au fond des bois, dans les prés, dans les eaux ,

Par mille jeux, mille études charmantes ,

Cupidon même enseigne mille Amantes ,

Se reproduit sous les formes qu'il prend ,

Toujours le même & toujours différent.

Loin de ses sœurs une Grace timide

Suit dans les bois un Faune qui la guide.

Tendre & farouche , elle veut & défend ,

Contient le Faune à demi triomphant ,

Fuit & l'appelle , & pardonne & s'offense,

Pour mieux jouir suspend la jouissance ,

Prépare, amene, augmente fes defirs,
Par des baifers, précurfeurs des plaifirs,
Ne rougit plus de parler & d'entendre,
S'émeut, arrive au tranfport le plus tendre.
C'eft Aglaë qui commande à fon tour,
Et qui provoque & l'amant & l'Amour.
Reçoit, rend tout & mourant de tendreffe,
N'accufe plus qu'un retard qui la bleffe.

Près d'un Autel, fous des pampres divins
Danfaient au loin Ménades & Sylvains.
Aux yeux de tous une folle Bacchante,
Paraît en l'air aux bras d'un Corybante,
S'agite au bruit du cyftre qu'elle entend,
Et veut l'excès du plaifir d'un inftant.
Sa voix l'anime & fa main chancelante
Preffe un raifin fur fa bouche brûlante.
La double ivreffe opere tour-à-tour;
Bacchus reçoit les victimes d'amour,
Et la Thyade, en fa fougue nouvelle,
Chante Évohé, danfe, boit & chancelle,
Peint fon ivreffe aux pas qu'elle décrit,
Et tombe aux pieds de Silene qui rit.

De cette Orgie où regnait le délire,
Aux bains d'amour un autre objet m'attire.
L'Amant qui touche à ces magiques eaux,

Reçoit une ame & des fens tout nouveaux.
Dans un baffin creufé par la nature,
Sur un fond pur, dort une onde auffi pure;
C'eft là qu'Olympe a fuivi fon Amant:
A peine Iphis y defcend un moment,
Qu'en lui s'allume une flamme nouvelle:
Olympe eft nue, Iphis eft nud comme elle;
Elle en rougit, & fuyant de fes bras,
Cherche dans l'onde un voile à fes appas;
Il fuit, l'atteint, & cette onde écumante
Reçoit Iphis aux bras de fon Amante.
Tous deux unis, fur le fable étendus,
Le flot preffé ne les fépare plus;
Sous les efforts de l'Amant qui furnage,
L'eau qui s'agite, inonde fon rivage.
Et loin de nuire à leurs fens allumés,
Produit les feux dont ils font confumés.
Telle n'eft point avec fa Cour auftere,
Diane, au bain triftement folitaire.
Mais telle on vit la fource de ces eaux
Où Salmacis brûlait dans fes rofeaux,
Lorfqu'en fes bras la jeune Enchantereffe
D'Hermaphrodite excita la tendreffe;
Lorfque tous deux enivrés, éperdus,
L'Amour unit leurs fexes confondus.

Mais quelle fête au Temple me rappelle ?
Quel chant de joie y caufe un nouveau zele ?
Tout s'y prépare au facrifice heureux,
De deux Amants liés des premiers nœuds :
L'amour amene aux pieds de l'Immortelle
Zélide, Agis, colombes dignes d'elle ;
Tous deux fans art, brillants de ces attraits,
Où la jeuneffe imprima tous fes traits ;
Tous deux comblés des dons du premier âge ;
Ils s'adoraient, mais faible en fon hommage,
L'Amour captif attendait fon effor ;
Ils s'adoraient ; mais s'ignoraient encor.
Ils s'épuifaient en ftériles careffes,
Se prodiguaient d'inutiles tendreffes.
Troublés, confus, leurs fens embarraffés
En leur parlant, ne parlaient point affez.
Entends nos vœux, dit-il, vois les prémices
De deux Amants qui cherchent tes délices.
Du Dieu des cœurs nous connaiffons la loi :
Dignes de lui, rends-nous dignes de toi.
Pour mériter tes chaines fortunées,
Accrois nos fens, ajoute à nos années :
Aide à l'amour qui s'épuife en defirs ;
Il donne un cœur, tu donnes les plaifirs.
Amants, dit-elle, oui vous m'allez connaître,

                                        Ven

Venez jouir & commencer à naître.
En les liant de feftons amoureux,
De fa main même elle en ferre les nœuds.
On les conduit par fon ordre fuprême,
Au fond du Temple, au lit de l'amour même,
Lieu de délice, au vulgaire caché,
Où triompha le monftre de Pfyché.
Sans la pâleur des flambeaux d'Hyménée,
S'ouvrit pour eux la couche fortunée.

Là tout-à-coup élancés, étendus,
Ils font unis, éclipfés, confondus:
Leur ame entiere & s'égare & fe noie
Dans un abyme & d'ivreffe & de joie.
Pour tant d'amour, tant d'objets, tant d'appas;
Leurs fens unis ne leur fuffifent pas.
Bientôt Agis en connaît mieux l'ufage;
Plus irrité par l'obftacle de l'âge,
Agile & tendre, il preffe, il eft preffé,
Combat, affiege, embraffe, eft embraffé,
Hâte ou fufpend un fuccès trop rapide:
Il foupirait, il nommait fa Zélide:
Zélide enfin l'appellant à fon tour,
Avec fon nom part le cri de l'amour.

Dans le filence, une immobile extafe
Rallume, étend les feux qui les embrafe:

D

Sur fon Amante Agis ouvre les yeux:
Piquante image! afpect délicieux!
Comme l'oifeau dont le vol fe déploie,
Qui tout-à-coup plane en l'air fur fa proie,
Agis ainfi de retour au combat,
Reprend fon vol, fond, s'éleve ou s'abat:
A fa défaite elle-même confpire;
En fe pâmant, Zélide encor foupire;
Agis fe meurt, & l'Amour étonné,
Deux fois vainqueur, l'a deux fois couronné.
Ivre d'amour; de langueur abattue,
Elle fufpend un plaifir que la tue;
Et dans les bras d'Agis & du fommeil
Tombe & s'endort dans l'efpoir du réveil.
Plus vigilant, plus heureux que Céphale,
Agis s'éveille à l'aube matinale.
Offre à fes yeux, par de nouveaux appas,
Des voluptés qu'il ne connaiffait pàs.
Zélide alors fans crainte, fans alarmes,
Aux yeux d'Agis prodiguait tous fes charmes.
L'amour; un fonge & leurs douces chaleurs,
Couvraient fon teint des plus vives couleurs.
C'eft l'abandon, la langueur, la molleffe,
Et ce défordre où le plaifir nous laiffe:
D'un de fes bras fon front s'eft couronné,
Sur fon Amant l'autre eft abandonné:

De fes cheveux les boucles étalées ,
Sont dans les fleurs éparfes & mêlées.
Son fein refpire , & par fon mouvement ,
Près de fon cœur appelle fon Amant.
Par-tout Agis voit , contemple , dévore
Ce qu'il a vu , ce qu'il veut voir encore.
Sa main avide au gré de tous fes vœux ,
Détache un voile , enleve fes cheveux ,
Preffe & parcourt le corail & l'albâtre :
Sur chaque objet un coup d'œil idolâtre ,
Y précipite un baifer qui le fuit.
Tel un ruiffeau qui ferpente & qui fuit ,
Se repliant fur fa route fleurie ,
Baigne l'émail de toute la prairie.
Tel eft Agis. En vainqueur fatisfait ,
Il s'applaudit des ravages qu'il fait ,
Et reconnaît fur des traces charmantes ,
De fes baifers les empreintes brûlantes.

    Tu dors , Zélide , & je jouis fans toi ;
Vois mon bonheur , regarde , écoute-moi :
J'ai cent plaifirs tu n'as qu'un vain menfonge.
Et je te vois quand tu ne vois qu'en fonge.
Il foupira ; Zélide l'entendit ,
Ouvrit les yeux , foupira , s'étendit ,
Leva fa main ; hélas ! fa main timide
N'ofait tomber ; Agis en fut le guide...

A cet approche, un feu qui les brûla
De veine en veine auffi-tôt circula.
Zélide, Agis fur leurs bouches de flamme
Réuniffaient les moitiés de leur ame :
Et fi leur bouche eft oifive un moment,
Organe utile à leur emportement,
Elle confond ces paroles de joie
Qu'à fon Amant une Amante renvoie,
Ces noms, ces cris, ces foupirs agaçans,
Aiguillons fûrs des plaifirs renaiffans.

  Où fuis-je, Amour, & quel feu me dévore?
Quels traits, dis-moi, peux-tu lancer encore?
De tes fureurs ceffe de m'agiter :
Pour trop fentir, je ne puis plus chanter.

  Ici, Daphné, couronne ton ouvrage;
De nos plaifirs vois fi j'ai peint l'image.
Pour toi l'Amour dictant ce que j'écris,
T'en fit l'objet & le juge & le prix.
Ouvre les yeux, fon flambeau va te luire.
Vois, connais tout. Le charme eft de s'inftruire.
Suis pas à pas ton inftinct curieux;
C'eft un bonheur inconnu même aux Dieux:
Ils favent tout. Adore ton partage,.
Sors doucement du berceau de ton âge.
J'aime une fleur lente à s'épanouir :
C'eft par degrés qu'il faut plaire & jouir.

Hélas ! mon ame à l'Amour toute entiere,
Trop diligente épuifa la matiere :
Je dévoilai les fecrets de Cypris :
Amour, pourquoi m'en avoir tant appris ?
Ou que ne puis-je, ô maître que j'adore,
Oublier tout, pour m'en inftruire encore!

Fin du troifieme & dernier Chant.

PHROSINE

ET

MÉLIDORE,

POËME.

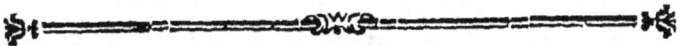

CHANT PREMIER.

MA Uſe plaintive, ô toi, qui fais répandre
Ces pleurs touchans, délices d'un cœur tendre,
Des vrais Amants, toi qui peins le malheur,
Donne.à ma voix l'accent de la douleur!
Que la pitié, les regrets, les alarmes,
Où l'intérêt fait trouver tant de charmes,
En ſoupirant accompagnent tes pas:
Toi, qui chantais Léandre & ſon trépas,
Sur ce rivage où l'Amour pleure encore,
Chante avec moi Phroſine & Mélidore.
Noms immortels, noms ſi chers à l'Amour,

L'oubli vous rend à la clarté du jour.

Près des écueils de Caribde & de Scylle
Paraît Meffine aux rives de Sicile.
Là, cent palais, fouverains de ces mers,
Le pied dans l'onde, ont le front dans les airs.
Son port fuperbe, abri de la fortune,
Sauve Plutus des fureurs de Neptune;
Tout l'or de l'Inde éclate fur fes bords;
Mais c'eft envain que l'Afie & fes ports
Comblent le fien de richeffes nouvelles:
Ses vrais tréfors étaient deux cœurs fidelles.
Là Mélidore avait reçu des cieux
Des biens fans nom, des vertus fans aïeux;
Là, dans le fein d'une illuftre famille
Des Faventins on voit briller la fille.
Peindrais-je, ô Dieux ! fa grace & fes attraits,
Que l'art fécond forme les plus beaux traits,
Qu'il embelliffe, exagere, imagine,
Il rend Vénus & ne rend pas Phrofine.
Son ame étoit le pur fouffle des Dieux,
Un doux rayon éclatait dans fes yeux.
Son âge heureux fortait de fon aurore,
C'était le teint & la taille de Flore;
C'était d'Hébé le fourire vainqueur,
Et cette voix, l'écho touchant du cœur.
Son cœur enfin fut le don trop funefte

Qui couronna, mais perdit tout le reste.

Long-temps l'Amour, tremblant à ses genoux,

En fit l'espoir & le tourment de tous ;

Dans son carquois ses traits dormaient encore,

Mais à Phrosine il fit voir Mélidore.

De leurs regards partit une double éclair

Pareil à ceux qui se croisent dans l'air.

Rapide élan , tendre accord, bien suprême ,

Moment d'extase où l'on plait comme on aime.

Ce fut aux jeux qu'on célébrait au port,

Qu'Amour, en eux, montra ce doux rapport.

Mille Beautés, dans ces fêtes brillantes,

Voguaient en mer sur des barques galantes.

Phrosine y vint, Mélidore y courut ;

Pour eux la fête aussi-tôt disparut ;

Sans se parler, leurs regards s'entendirent ;

De leurs transports, leurs ames s'applaudirent.

Tout le progrès, tout l'effet que produit

Le cours du temps , d'un instant fut le fruit :

Le tendre aveu de leur commune atteinte

Fait sans détour , fut écouté sans feinte ;

Mais, des rivaux l'attente , & le courroux ,

L'œil des parens, le réveil des jaloux

Vint arrêter l'Amour dans sa carriere,

Et de l'obstacle éleva la barriere.

Phrofine avait deux freres, fes tyrans,

Deux Faventins, orgueilleux de leurs rangs:

L'un, c'eft Aymar, ivre de fa naiffance,

Des plus grands noms recherchant l'alliance:

Jule était l'autre; un trait empoifonné

L'avait rendu plus craint que fon aîné.

Dès fon jeune âge un amour trop funefte,

Livra fon ame aux flammes de l'incefte.

C'eft un regard auffi pur que le jour

Qui donna l'être au plus impur amour.

Tel le poifon dont Circé fait ufage,

Naît du foleil, honteux de fon ouvrage.

Le même jour qu'Aymer ambitieux,

Sacrifiant Phrofine à fes aïeux

Nomme l'époux que fon choix lui deftine;

Ce jour-là même, à fa fœur, à Phrofine,

Jule en fecret, avouant fes ardeurs,

Lui dévoila fon crime & fes fureurs.

,, Ma fœur, dit-il, tu vas frémir fans doute;

,, Plains-toi, rougis, friffonne, mais écoute,

,, Enfin mon cœur échappe à mes efforts

,, En te voyant je cede à fes tranfports.

,, Je ne puis plus te cacher qu'il t'adore;

,, J'étouffe envain le feu qui me dévore;

,, Hélas! ce feu s'accroît loin d'expirer,

,, Par mes efforts je l'excite à durer,

,, Et je me fais une guerre cruelle.

,, Pourquoi le Ciel en te créant fi belle,

,, S'il m'a connu, m'a-t-il mis près de toi?

,, De t'adorer il m'impofa la loi.

,, Rappelle ici le berceau de notre âge,

,, Nos premiers goûts, nos jeux, notre langage,

,, Cette union, ces faveurs, nos plaifirs

,, Que permet l'âge à d'innocents defirs.

,, Jeune, imprudent, fans remords, fans alarmes,

,, Je m'enivrais du poifon de tes charmes.

,, Mon cœur, enfin te parla fans détour,

,, La voix du fang fut celle de l'Amour.

,, J'en vis le crime, & ne pus m'en défendre.

,, Phrofine!....ah Dieux! tu frémis de m'entendre;

,, Demeure, attends.... J'expire fi tu fuis.

,, J'ai fi long-temps dévoré mes ennuis!

,, Mais ton hymen aujourd'hui m'affaffine.

,, Un autre, ô Ciel! dans les bras de Phrofine!

,, Un autre!.... & moi déchiré nuit & jour,

,, J'aurai, fans toi, mon crime & mon amour?

,, Pardonne ou frappe: indulgente ou févere,

,, Parle, & choifis d'un époux ou d'un frere;

,, Si je te perds, je fuis mort, & ta main

,, En fe donnant, me percera le fein. "

Que devint-elle, à cet aveu terrible?

Phrofine éprouve un fentiment horrible,
Mêlé d'effroi, de honte & de pitié.
Jule avait eu fa plus tendre amitié;
Sans cet amour, Jule étoit digne d'elle,
Mais déteftant fa flamme criminelle,
Elle recule, & détournant les yeux,
Fuis-moi, dit-elle, abandonne ces lieux;
Va, ne crains point l'époux qu'on me deftine,
Et fi tu peux, garde un frere à Phrofine.
De cet hymen un bruit fourd répandu
Fit accourir Mélidore éperdu;
Et cet Amant apportant fes alarmes
Vint à Phrofine arracher d'autres larmes.
Ainfi l'orgueil, la nature & l'amour
Par trois liens l'enchaînaient tour-à-tour.
Sans ceffe Aymar lui parlait d'hyménée;
Jule traînait fa vie infortunée,
Et par tous deux Mélidore alarmé,
Goûtait envain le bonheur d'être aimé.
Né fans noblelle, il crut que l'opulence
Des Faventins tenterait l'alliance.
Ainfi l'amour fur les aîles du vent
Le fit courir aux portes du Levant.
Ligués pour lui, Mars, Éole & Neptune
Accéléraient le cours de fa fortune;
Par leur objet rendus plus précieux,

Ses biens facrés, intéreffaient les Dieux.

Riche, fur-tout, d'un efpoir inutile

Il vole, arrive au phare de Sicile.

Il voit Phrofine : il croit que fes deftins

Vont l'égaler au fort des Faventins.

Phrofine même en conçoit l'efpérance,

On parle, on preffe, on difcute, on balance.

Enfin la gloire étouffant l'intérêt,

L'Amour reçoit le plus fatal arrêt.

Jule, amoureux, nuit fur-tout à leurs flammes,

Le défefpoir s'empare de leurs ames.

Adieu, Phrofine, adieu, j'ai tout perdu,

S'écrie alors Mélidore éperdu.

Le Ciel n'a pu voir unir, fans envie,

Mon être au tien, mon deftin à ta vie.

Que fert tout l'or que Neptune a fauvé?

Je perds Phrofine, on m'a tout enlevé.

Dans la mort feule eft l'efpoir qui me refte,

Je l'obtiendrai par un exil funefte.

Si j'attachai ma vie à tes appas,

Je dois la perdre où tu ne feras pas.

J'y cours... Tu pars, & je ne puis te fuivre!

Dieux! à quels maux ta fuite ici me livre!

L'Hymen, l'Amour vont me perfécuter;

Non! pour te voir j'oferai tout tenter.

Efpere, attends, ranime mon courage;

De ce jardin le mur touche au rivage ;
Près de la mer il peut te ménager
Un accès libre , & loin de tout danger.
Voilé par l'ombre , aidé par le myftere ,
Tu guideras ta marche folitaire.
J'ai tes ferments , je t'ai donné ma foi ,
Phrofine a-t-elle à rougir avec toi ?
L'Amour enfin , ton falut me décide ,
Ma jeune efclave Aly fera ton guide.
Sur nos tyrans les pavots tomberont ,
Et Mélidore , & l'Amour veilleront.
De quel efpoir fon alarme eft fuivie
A ce difcours , à ce fouffle de vie.
Pour mieux tromper des yeux encore ouverts ,
Il feint alors d'avoir rompu fes fers;
Et cependant il brûle de voir naître ,
L'heure où Phrofine ordonne de paraître.
Elle ignorait qu'Aymar , par ce détour ,
Souvent la nuit fortait de ce féjour.
La Lune au Ciel éclatait fans nuage ,
Quand Mélidore arrivant au paffage ,
Ouvre , & foudain voit Aymar , en eft vu ;
Chacun frappé d'un afpect imprévu ,
Frémit , recule , héfite & fe regarde.
Bientôt armé , l'un & l'autre eft en garde.
Le fer fe croife , & le trait à la main ,

Long-temps la mort vole autour de leur fein,
Enfin Aymar redoublant fon audace,
Cherche le coup qui l'étend fur la place.
Jule amoureux, tout plein de fes malheurs,
Là, très-fouvent promenait fes douleurs.
Cette nuit même, errant fur le rivage,
Il voit de loin ce combat qui s'engage;
Il vole, accourt, trouve Aymar abattu,
Qui s'écriait, ô Jule, que fais-tu?
Venge ton frere. O Ciel! C'eft Mélidore!
C'eft toi dit, Jule, infolent que j'abhorre,
Dans ton vil fang j'éteindrai ton amour:
Meurs, traître! il dit, & combat à fon tour.
Quittant alors la terraffe voifine,
Aly vient, voit, tremble, & vole à Phrofine,
Phrofine accourt, & d'un œil éperdu,
Voit fur le corps de fon frere étendu,
Son frere armé qui combat Mélidore:
De Jule atteint, le fang coulait encore,
Elle s'élance au milieu de leurs coups,
Cruels, dit-elle, ô Ciel! que faites-vous?
Percez Phrofine, ou rendez-lui vos armes.
Ce nom, ces cris, ces beaux yeux tout en larmes;
Ses bras enfin qu'elle levait aux cieux,
Calment d'abord deux Tygres furieux.
Phrofine voit Aymar fur la pouffiere,

S'y précipite & l'embraſſe & le ſerré.
On vient en foule. Un autre ſentiment
La fait trembler pour ſon cruel Amant.
Va, fuis dit-elle, adieu. Phroſine reſte
Dans les horreurs de cet état funeſte.
Aymar vécut après de longs ſecours.
Jule guérit, & ſoupire toujours.
Au déſeſpoir ſe livra Mélidore ;
Contraint de fuir un ſéjour qu'il adore,
De ſa main même il brûle ſes vaiſſeaux,
Fait croire à tous ſon trépas dans les eaux:
Et dérobant les apprêts de ſa fuite,
De ſes rivaux évite la pourſuite ;
S'il traîne ailleurs un ſort irréſolu,
S'il vit enfin, Phroſine l'a voulu.

Fin du premier Chant.

CHANT SECOND.

NOn loin du port, au couchant de la Ville,
Du fond des eaux paraît fortir une ifle;
Un trifte écueil, un rocher menaçant;
L'onde en courroux s'y brife en mugiffant.
L'un de fes flancs, moins battu par l'orage,
Permet l'abord d'un afyle fauvage.
L'efpace étroit du rocher entr'ouvert,
D'herbe, de mouffe & de rameaux couvert,
Était l'abri d'un pieux Solitaire,
Vieux pénitent, fugitif volontaire,
Qui de ce roc ayant fait un faint lieu.
Priait en paix, & repofait en Dieu.
Les ans penchaient fa tête octogénaire,
Un fac formait fon vêtement auftere;
Sur un cordon fa barbe retombait,
Et fous fon poids un bâton fe courbait.
C'eft au milieu d'une pente rapide.
Que la Nature, Architecte folide,
Creufa du Saint, l'afyle révéré.
Là fon autel, d'une lampe éclairé,

Étail

Était orné de groffieres images ,
Qui des Croyants atteftaient les hommages:
Un lit de natte , un oratoire auprés ,
De la cellule étaient les feuls apprêts.
Le fond de l'antre offrait une ouverture ;
D'où s'épanchait une fource d'eau pure ;
Et, loin du bruit que la vague formait ,
A ce murmure un fage s'endormait.
Son aliment était le coquillage ,
Qui chaque jour échouait au rivage ;
Un coin de terre avait laffé jadis
Ses bras , par l'âge énervés & roidis.
Sur le rocher qu'il habitait encore ,
Le défefpoir conduifit Mélidore ;
Sur une barque en fecret amené ,
Il fe préfente un Vieillard étonné ;
Dit fes malheurs , l'attendrit , & partage
Avec tranfports cet affreux héritage.
Mon fils , lui dit , le Solitaire heureux ,
Si , dégagé des pieges amoureux ,
Ton cœur paifible a bien rompu fa chaîne ;
Que béni foit l'heureux jour qui t'amene !
Du fort , ici , j'ai défié les jeux ;
Toujours ferein fous un Ciel orageux ,
J'ai vu , trente ans , le reflux de cette onde
Qui m'invitait à retourner au monde.

Il m'a trompé, je l'ai fui pour toujours ;

Mais, quand je touche au dernier de mes jours,

Le Ciel fenfible écoute ma priere :

J'aurai ta main pour fermer ma paupiere.

Tu vois mes biens, fuccede à mon bonheur :

Fuis, fans regret un monde fuborneur :

Sers Dieu, voilà l'Être qu'il faut qu'on aime,

Et tout à lui, fois content de toi-même.

Il dit, l'embraffe & verfe dans fon fein

Quelques rayons de cet Efprit divin ;

Mais vainement il combattit fa flamme,

Le calme encore était loin de fon ame.

Ah ! qui pourrait effacer dans un jour

La profondeur des traces de l'Amour ?

C'eft le torrent qui fillonnant la plaine,

A tout empreint du fable qu'il entraîne.

Les prés rougis, les guérets dépouillés,

Marquent les lieux que fon cours a fouillés ;

Mais un printemps fuffit à la nature

Pour réparer l'émail & la verdure ;

La vie entiere à peine reproduit

La paix du cœur qu'un feul inftant détruit.

Bientôt l'Hermite au bout de fa carriere

Vit fans regret s'éclipfer la lumiere.

La faux du Temps l'étendit au tombeau,

Et ce défert eut un maître nouveau.

Ce n'était plus cet habitant paiſible,
Cet heureux ſage, au trouble inacceſſible,
Dont aucun choc n'ébranlait la vertu,
Qu'on vit ſemblable à ce rocher battu,
Qui, réſiſtant aux tempêtes de l'onde,
Se repoſait ſur ſa baſe profonde.
C'eſt un Amant agité, ſans repos,
Tel qu'un navire emporté par les flots.
Étais-tu donc plus tranquille au rivage;
Toi dont le Ciel éprouva le courage?
Quels maux en foule il étendit ſur toi,
Depuis ce jour de combat & d'effroi!
Mais, faiſant tête au deſtin qui l'opprime,
A tous ces coups Phroſine ſe ranime.
Son ſoin actif met tout en mouvement
Pour éclairer le ſort de ſon Amant.
S'il vit encore: eût-il traverſé l'onde,
Phroſine irait aux limites du monde;
Mais les Amours n'ont pas volé ſi loin.
De cette fuite un Pêcheur fut témoin;
Par lui; Phroſine apprend tout le myſtere:
A ce rapport un trait de feu l'éclaire,
De ſon bonheur un rayon ſe fait voir,
Et rend l'eſſor aux aîles de l'eſpoir.
L'aſtre brûlant, dans ſa courſe rapide
Montait au ſigne où le Lion préſide.

Flore expirait. Les plus vives chaleurs
De Cérès même altéraient les couleurs.
Pour fuir les feux de la voûte Éthérée
Doris cherchait les grottes de Nérée,
Et l'habitant du terreſtre ſéjour
Ne reſpirait que la fuite du jour.
La mer bornant la maiſon faventine,
Baignait les murs qui renfermaient Phroſine;
Un ſûr aſyle, ignoré dans ces lieux,
Formait pour elle un bain délicieux.
Là, chaque nuit Phroſine deſcendue,
Menait Aly ſa compagne aſſidue.
Là, ſans rougir, ſes plus ſecrets appas,
Souffraient des yeux qu'elle ne craignait pas.
Des jours brûlants l'onde appaiſait ſa flamme,
Sans apporter de remede à ſon ame.
Dans le ſommeil ſes eſprits languiſſants
Avaient fait place à l'erreur de ſes ſens.
Des régions qu'habitent les menſonges
Était parti le plus heureux des ſonges.
Non, ce Vieillard par des hiboux traîné,
Teint de pavots, de crêpe environné;
Mais un enfant ſans voile & ſans nuage,
Tout rayonnant de l'éclat du bel âge,
Au doux ſourire, au teint frais & vermeil
Il répandait les roſes du ſommeil.

Le mouvement de fon aîle divine,
Rafraîchit l'air que refpirait Phrofine ;
Sa douce haleine embauma ce féjour.
Ce bel Enfant, ce fonge était l'amour.
Ce Dieu, traçant de fubtiles images,
Peint fes rideaux de riants payfages ;
Il met la main fur fon cœur, & lui dit :
,, Sois attentive au fort qui t'eft prédit.
,, Vois cet empire où Neptune préfide ;
,, Viens-y briller, je t'y fais Néréide.
,, Nymphe nouvelle, ofe en cet élément ;
,, Suivre l'Amour & chercher ton Amant.
,, Brave les flots, les rochers & l'orage,
,, Un Dieu puiffant va t'ouvrir le paffage. "
Phrofine alors dans fes deftins nouveaux
Crut fe jouer, crut voguer fur les eaux ;
L'Amour guidait fa courfe fortunée
Au bord d'une île elle fut amenée.
,, Tu dois, dit-il, y pénétrer un jour,
,, Et ton amant eft Roi de ce féjour. "
Là difparut l'Amour & fon ouvrage.
Elle s'éveille adorant ce préfage,
Et le cœur plein de ce rêve enchanteur ;
Elle ofe attendre un avenir-flatteur.
Avec Aly de ce fonge occupée,

E 3

Au bain , sur-tout, Phrosine en est frappée.
C'est toi , dit-elle , ô fatal élément,
Qui de mes bras éloignes mon Amant !
A l'intérêt , si tes vagues dociles
Pour les mortels ont des routes faciles ,
De ton pouvoir fais un plus digne emploi ,
Sers mon amour , élève , emporte-moi ,
Unis Phrosine à son cher Mélidore.
En agitant les ondes qu'elle implore ,
Soudain le sable échappe sous ses pas ;
Son corps s'étend , balancé sur ses bras ;
Ses pieds , de l'onde atteignent la surface ,
Un fol espoir animait son audace.
Aly tremblait , Phrosine s'égarant
Nageait encor ; mais son cœur expirant
Trop faible , hélas ! la rappelle au rivage.
,, Aly , dit-elle , as-tu vu , quel présage !
,, L'Amour , sans doute , écoute mes désirs ,
,, Il soumet l'onde , & commande aux zéphyrs.
,, J'irai plus loin : " elle dit , & s'élance ,
Bat , fend la mer , nage à plus de distance ;
Revient, retourne , & jouant sur les eaux,
S'exerce encore à des périls nouveaux.
Ce que l'Amour inspire à cette Amante :
La jeune Aly par amitié le tente.

Un voile tombe, un autre est détaché,
Sous chacun d'eux un Amour est caché :
Mais ces attraits, mais leur grace divine,
Rendent hommage aux graces de Phrosine.
Ses lys, sur-tout, triomphent en blancheur,
Et Vénus même envïerait sa fraîcheur.
Aly, dans l'onde où Phrosine l'attire,
Étend un pied, pousse un cri, se retire,
Rentre, chancelle, avance ; & chaque pas
Ensevelit quelqu'un de ses appas.
Elle ose enfin suivre la Néréide,
Qui sur les eaux se soutient, & la guide.
Phrosine, Aly, s'exerçaient tour-à-tour.
Telles on voit au sommet d'une tour,
Prendre leur vol deux jeunes hirondelles,
Et l'annocer par un battement d'aîles :
L'une en tremblant s'essaye à voltiger,
L'autre plus prompte affronte le danger,
Désigne un terme au vol qu'elle médite,
Part, vole, fuit ; sa compagne l'imite,
La suit, l'atteint ; & toutes deux au pair,
Vont mesurer les campagnes de l'air.

Fin du Chant second.

CHANT TROISIEME.

LE préjugé, fous des chaînes cruelles.
Affujettit l'ame & l'efprit des Belles.
Reines des cœurs, mais efclaves des loix,
L'orgueil de l'homme ufurpa tous leurs droits:
Il affervit l'idole qu'il encenfe,
Il rend le culte & ravit la puiffance :
En adorant, il regne, & dans fes Dieux,
Voile un éclat qui blefferait fes yeux.
Sexe adoré, quelle ferait ta gloire,
Si te laiffant difputer la victoire,
Tes humbles vœux n'avoient pas limité
Ton appanage aux dons de la beauté ?
Telle une fource & brillante & féconde
Naît dans l'efpoir de parcourir le monde,
Roule fes flots, & d'un cours qu'elle étend,
Promene au loin le tribut éclatant ;
Mais l'art trompeur l'arrêtant fur la rive,
Par cent canaux l'enchaîne & la captive ;
Ainfi borné, fon cours infructueux
N'embellit plus qu'un jardin faftueux.

Dans leurs prisons ses ondes étrangeres
N'arrosent plus que des fleurs passageres.
Rompez la digue, un fleuve naît alors,
S'étend, circule, enrichit tous ses bords,
Répand l'espoir, la vie & la fortune
Et va grossir l'empire de Neptune.
De la beauté tel seroit le destin.
Brisons ses fers, son triomphe est certain.
Une loi juste attache à son essence,
Grandeur, courage, activité, science.
Muses, par vous nous sont donnés les Arts,
Diane abat les monstres sous ses dards ;
Aux champs Troyens, prés d'Hector & d'Atride
Vénus combat, & Pallas tient l'égide ;
Qu'un trait d'audace aussi digne des Dieux,
Par un prodige étonne ici les yeux !
Phroside, esclave au Palais de ses freres,
Était en but à des assauts contraires.
Aymar croyait, par un sort inhumain,
Lasser son cœur & conduire sa main :
Cependant Jule idolâtrant Phrosine,
Rompt en secret les nœuds qu'on lui destine ;
Le traître alors en voilant sa noirceur,
Trompait les yeux de sa crédule sœur.
A ses côtés Phrosine sans alarmes

S'applaudissait de l'oubli de ses charmes,
Marchait au piege ; & ne redoutait pas
Les feux couverts qui dormaient sous ses pas,
Tel, dans ses flancs, le Vésuve perfide
Semble amortir sa flamme moins rapide.
La terreur cesse : on voit autour de lui
Se rapprocher les troupeaux qui l'ont fui ;
Cérès étent sa nouvelle culture,
Quand, tout-à-coup, effrayant la nature,
Le volcan brûle, & son déluge affreux
Couvre les champs de bitume & de feux.
Sous les dehors de son amitié feinte,
Jule, à sa sœur ôtait donc toute crainte ;
Ils s'occupaient à d'innocents plaisirs,
Souvent au soir le souffle des Zéphyrs
Les promenait sur les vagues profondes.
Tous deux un jour ils voguaient sur les ondes,
Jule, Phrosine, un guide qui ramait,
Aly qu'enfin nul soupçon n'alarmait,
Restait au port. Jule aussi-tôt dans l'ame
Cede à l'espoir de sa coupable flamme.
Quels traits, Amour, prends-tu dans ta fureur ?
L'œil égaré, le front pâle d'horreur,
Il voulut rompre un silence farouche,
Le crime hésite à sortir de sa bouche ;
Mais dans ses yeux Phrosine a vu la mort.

,, Mon frere, ô ciel ! d'où te naît ce tranſport ?

,, Tu vois, dit-il, la rame qui retombe

,, Sur cet abyme ; elle y creuſe ma tombe,

,, J'y vais périr, ſi ton cœur plus humain,

,, Si ta pitié n'en ferme le chemin.

,, Un mot auſſi m'ouvrira le Ciel même.

,, La mort ou toi, c'eſt le ſort de qui t'aime.

,, Phroſine, ah, Dieu ! ſi perdant ton courroux....

,, Nous ſommes ſeuls, j'expire à tes genoux.

,, Rends-toi ; je meurs.... Non, traître, dit Phroſine.

,, Ah ! deſcendons ſur la rive voiſine.

,, Jule.. obéis.. '' Non reprit-il, attends,

,, Je te rendrai libre dans peu d'inſtants ;

,, J'en ai trop fait, trop de fureur m'anime,

,, Pour n'emporter que la moitié du crime.

,, Jule, en mourant, goûtera la douceur,

,, De triompher de ſa barbare ſœur. ''

Moment affreux ! Phroſine ſans défenſe,

Voit de la mer la ſolitude immenſe,

Se jette aux pieds de ſon frere inhumain ;

En frémiſſant elle baiſe ſa main,

Veut l'arrêter, le conjure, l'appelle.

,, Quel lieu ! quel temps ! differe au moins, dit-elle,

,, Vois ce forçat. Peux-tu d'un tel regard ?..

,, Attends, je vais d'un coup de ce poignard.... ''

Elle l'arrête ; & ſauvant ſa victime

Touche à l'instant de voir combler le crime.

Tel un oiseau de frayeur expirant,

Voit sur sa tête un Faucon dévorant.

Phrosine alors joint l'adresse au courage,

Feint de céder, fuit ses bras, se dégage,

Et dans les eaux se plonge au même instant.

Jule la suit en s'y précipitant.

Il disparait, & Phrosine surnage,

De tout son art Phrosine fait usage.

Le Matelot voulait sauver ses jours.

,, Va, porte ailleurs, dit-elle, ton secours,

,, Sauve ton Maître. " Il y vole, & l'amene

A demi mort étendu sur l'arene.

Phrosine aborde, & du monstre odieux,

Dérobe encor le crime à tous les yeux.

La seule Aly sait l'avanture affreuse,

,, Hélas! disait l'Amante malheureuse,

,, Si par les flots j'échappe à la noirceur

,, D'un assassin, d'un lâche ravisseur,

,, Ne puis-je, ô mer ! les traverser encore

,, Pour retrouver le seul bien que j'adore ?

,, Sauve l'Amour, toi qui sauvas l'honneur.

,, Je te devrai deux fois tout mon bonheur. "

Par cet espoir, & séduite & guidée,

De quel projet elle enfanta l'idée ;

Elle a, dit-elle, *en ce preffant danger,*
Fait un ferment qu'elle veut dégager ;
D'un faint devoir, il faut qu'elle s'acquite,
Un vœu l'appelle au rocher de l'Hermite.
L'auftere Aymar, tyran de fes plaifirs,
Laiffe un champ libre à fes pieux defirs.
Mais, par les yeux d'une importune fuite,
De loin encore il veille à fa conduite.
En peu d'inftants on la mene en ces lieux.
Elle a fur-tout un defirs curieux
D'en voir l'accès, d'en connaître la plage.
Phrofine monta à cet antre fauvage
Le front couvert d'un voile pénitent ,
Pour mieux tromper l'infulaire Habitant,
A chaque pas fon ame fe déploie ,
Et tous fes fens ont treffailli de joie.
L'âpre fentier ne pouvait l'arrêter.
Phrofine avait des aîles pour monter.
Du Solitaire, enfin, elle découvre
Le toît de joncs qui lui paraît un Louvre.
Les Cieux, pour elle auraient eu moins d'appas,
Que la poufiere où s'impriment fes pas.
Comme elle adreffe une ardente priere
A chaque endroit de la fainte chaumiere!
Ce lieu d'effroi, tombeau de fon Amant,
Devient pour elle un lieu d'enchantement.

Sans être vue elle voit Mélidore,
C'eſt ſon Amant, c'eſt l'objet qu'elle adore,
L'auſtere habit dont ſon corps paraît ceint,
Releve encor tous les charmes du Saint.
Si la langueur dans ſes yeux ſe fait lire,
Elle en jouit, c'eſt elle qui l'inſpire.
Cent fois Phroſine, en ſon trouble preſſant,
Veut arracher ſon voile embarraſſant.
A le lever ſa main eſt toujours prête ;
La peur toujours l'intimide & l'arrête.
Phroſine, hélas ! tout près de ſon Amant,
Touche ſes pieds, baiſe ſon vêtement.
„ Ange du Ciel, je t'implore, dit-elle,
„ Joins ta ferveur à l'excès de mon zele,
„ Et prends pitié de l'objet que tu vois. "
Phroſine acheve en étouffant ſa voix.
Prête à quitter ce bienheureux rivage,
Elle y ſuſpend une dévote image ;
Et pour offrande en ce lieu d'oraiſon,
Laiſſe un tribut des fleurs de la ſaiſon,
Part ignorée, & retourne à Meſſine.
O malheureux ! tu méconnais Phroſine.
C'était Phroſine à tes pieds, ſous tes yeux !
Quand tu l'appris, que devins-tu ? grands Dieux !
Dans cette offrande, ouvrage du myſtere,
Il trouve, il lit un billet qui l'éclaire,

Il doute encore , & plein d'étonnement
Relit ces mots: *Phrofine à fon Amant.*
,, C'eft ta Phrofine, ô mon cher Mélidore,
,, Qui t'a revu , qui veut te voir encore.
,, En vain la mer s'oppofe à mon effort,
,, O mon Amant! je changerai ton fort.
,, Pour nous rejoindre & nous venger du crime,
,, L'Art & l'Amour m'ont foumis cet abyme.
,, Je franchirai cet obftacle odieux.
,, Demain, quand l'ombre aura voilé les Cieux,
,, Sur le fommet de ton rocher aride,
,, Fais voir au loin un fanal qui me guide.
,, J'en ai connu les entours & l'abord.
,, Veille fans crainte, attends-moi fur le bord,
,, Et tu verras fur la rive écumante ,
,, Seule à la nage aborder ton Amante.
,, L'efpoir, l'Amour, fon aftre & les Zéphyrs
,, Me conduiront au port de mes plaifirs. "
Il lit; fes pleurs font un voile à fa vue;
Saifi, frappé d'une atteinte imprévue,
Son cœur ému palpite tour-à-tour,
D'effroi, d'efpoir, de délire & d'amour.
C'était Phrofine ! elle a fui la cruelle!
Il dit, & tombe en difant : *c'était elle,*
Collé fur terre , il y refte attaché,
Baifant la trace où Phrofine a marché.

Il fe ranime, il vole à cette image;
Il contemple une femme à la nage,
Près d'un écueil luttant au fein de l'eau.
Il fe voit peint lui-même en ce tableau,
Les bras tendus vers l'objet qui s'approche.
L'Amour affis au fommet d'une roche,
Dans le lointain fait éclater fes feux.
„ Ah! je t'entends, dit l'Hermite amoureux;
„ Mais qu'efpérer de ce projet terrible?
„ J'y vois, hélas! un obftacle invincible.
„ Que veux-tu faire? Attends, tu vas périr.
„ Vois quel danger l'Amour te fait courir!
„ Phrofine! vois l'abyme que tu paffes!
„ Ah Dieux! Ses bras arrondis par les Graces,
„ Nés pour l'Amour, confacrés au repos,
„ Sont-ils donc faits pour combattre les flots?
„ Non, c'eft à moi d'en éprouver la rage.
„ O ma Phrofine, entends fiffler l'orage.
„ La mort te fuit, le naufrage t'attend....
„ Demeure... " Il parle à cet objet flottant,
Le jour fuivant il lui parlait encore;
Sur l'autre bord, l'Amante qu'il adore,
De tous fes vœux fatiguant les Zéphyrs,
Preffait la nuit d'avancer fes plaifirs.
Aly, par zele, au rocher veut la fuivre,
Par amitié Phrofine s'en délivre;

Mais

Mais fa prudence annonce fon retour,
Dès que fes yeux verront naître le jour.
Déja dans l'onde achevant fa carriere,
L'aftre brillant éteignait fa lumiere;
Quand, fur ces mers Phrofine ouvre les yeux
Pour voir un aftre encor plus radieux.
L'air était calme, & la vague tranquille
Applaniffait fa furface mobile;
Sur l'horifon la Lune en renaiffant,
Bornait fon orbe aux feux de fon croiffant.
D'autres clartés ne brillaient pas encore:
Déja Phrofine accufait Mélidore;
Lorfqu'un rayon de l'amoureux fanal
De fon bonheur lui montra le fignal.
Sa main dépouille auffi-tôt fa parure,
Et l'art banni rend tout à la nature.
Tels, d'Amimone on compte les appas,
Au bord de l'onde où l'amour fuit fes pas;
Lorfqu'à fon gré le Zéphyr idolâtre,
Flatte, careffe, environne l'albâtre
De tout fon corps qu'elle plonge à l'inftant,
Au fond des eaux où Neptune l'attend.
Phrofine ainfi volait à fa conquête;
Un fentiment l'intimide & l'arrête.
En quel état paraîtra-t-elle, ô Dieux!
Aux yeux d'un homme. Et quel homme? & quels yeux?

F

Mais son salut impose cette gêne,
L'Amour, enfin la décide & l'entraîne.
Il sera nuit. Cet homme est son Amant.
Partez, Phrosine, on peut tout en aimant.
Vénus ainsi parut au sein de l'onde.
Applanis-toi, vague altiere & profonde,
Regnez Zéphyrs, Vents soyez retenus,
Conspirez tous pour cette autre Vénus.

Fin du troisieme Chant.

CHANT QUATRIEME.

SI je tenais les pinceaux d'Aufonie,
Livré fans peine aux écarts du génie,
Je me plairais, Mithologue abondant
A foulever l'Empire du Trident;
Mille Tritons fuivant mon Héroïne
La chanteraient fur leur conque divine;
La Néreïde en gémirait tout bas,
Et fous les flots cacherait fes appas.
De ces tréfors l'abondance eft aride,
L'image eft froide, où l'intérêt décide.
Hâtons-nous, Mufe, il faut en cet écrit
Le cœur qui fent, non l'efprit qui décrit.
J'ai, pour toucher, d'affez puiffantes armes.
Aly, craintive, eft ici toute en larmes,
Là, c'eft Phrofine expofant fes beaux jours;
Plus loin l'Amant qui craint pour fes amours,
De fon rocher l'amoureux Mélidore
N'entend, ne voit, n'entrevoit rien encore.
Il marche, écoute, appelle à tout moment,
De fon fanal excite l'aliment;

F 2

Monte au rocher, redefcend au rivage,
Bénit le calme & conjure l'orage.
Il voit enfin naître un fillon léger,
Un bruit s'éleve, aux vagues étranger.
L'objet paraît fur un flot qui bouillonne,
Il meurt de joie, & de crainte il friffonne ;
D'un flot à l'autre il mefure la mer,
Son œil avide a le feu d'un éclair ;
Tout fon fang brûle, & tout fon cœur palpite ;
L'objet s'approche, & lui fe précipite,
L'atteint, l'enleve au fatal élément.
Ah ! quel fardeau pour les bras d'un Amant !
Quel coup, ô ciel ! quelle fcene inouie !
Mais fa Phrofine était évanouie ;
Trop de frayeur, de fatigue & d'efforts
Avaient hélas ! épuifé fes refforts.
Quand fon Amant par cent baifers de flamme,
Rouvre fes yeux, reffufcite fon ame.
Rouvre fes yeux, pleins d'un charme nouveau,
Voile fon corps des plis de fon manteau,
Puis., hors de lui, la contemple & foupire.
,, O ! ma Phrofine, eft-ce toi que j'admire ?
,, Toi que j'embraffe ? hélas ! eft-ce bien toi ?
,, A quel danger tu voles fans effroi !
,, Vois mon bonheur, mais connais mes alarmes.
,, A tant d'horreurs expofer tant de charmes !

,, L'as-tu bien pu ? " -- J'aime, j'ai tout ofé.
Tu vois , l'Amour m'a rendu tout aifé.

,, C'eft toi , dit-il , ô Dieux ! quand je t'écoute ,
,, Quand je te tiens, mon ame encor en doute.
,, D'un malheureux, qui t'a dit le féjour ?
,, Tes oppreffeurs ont-ils perdu le jour ?
,, Hélas ! par eux, victime infortunée,
,, Je te croyais à l'Hymen enchaînée.
,, Tu m'es rendue ! & comment ? Sur quel bord ?
,, J'ai fu, dit-elle, & ta fuite & ton fort.
,, Dans fes effets l'Amour en nous differe.
,, Le mien agit, le tien fe défefpere.
,, Heureux fans moi, tu vis dans ce féjour ;
,, Moi , fans te voir , j'euffe expiré d'amour.
,, Un an ! Quel fiecle a coulé fur ma vie,
,, Depuis l'inftant qu'à moi-même ravie
,, Je ne t'ai plus. J'ai tremblé, j'ai frémi
,, Des attentats de mon fang ennemi.
,, L'odieux Jule a redoublé fa rage;
,, Le fier Aymar preffé mon efclavage,
,, Je t'ai gardé cet amour immortel
,, Que je te jure ici fur ton autel.
,, Amant, Époux , Prêtre & témoin enfemble,
,, Forme & bénis le nœud qui nous raffemble.
,, Le Ciel nous voit, il entend nos ferments.
,, La loi d'Hymen c'eft la foi des Amants. "

Et telle fut la foi qu'ils se promirent.

Pour l'assurer leurs deux bouches s'unirent.

L'Amour couvrit leur antre ténébreux,

Et l'univers s'anéantit pour eux.

Né du hasard ou d'un fatal augure,

Un bruit soudain fit trembler la Nature,

L'onde en fureur battit les fondemens

Du roc affreux, palais de nos Amans.

Un coup de foudre en abattit la cîme

Qui s'engloutit au centre de l'abyme

Avec un bruit qui cent fois redoubla,

Pareil au bruit des monstres de Scylla.

Les vents, les flots, la tempête & la foudre

Auraient alors réduit le monde en poudre.

Le couple heureux, de sa chûte accablé,

En eût péri sans en être troublé.

Comme enchanté dans leur grotte profonde,

Leur nouvel être habite un nouveau monde,

Et tous leurs sens en un seul confondus,

Semblent s'unir pour aimer encor plus.

L'aube déja perçant les voiles sombres,

Chassait du Ciel la tempête & les ombres ;

Et l'horison, dans un vague lointain,

Était rougi des vapeurs du matin ;

Quand l'œil ouvert, Phrosine la première

Voit ce rayon d'importune lumiere,
Se plaint du jour qui naît fi promptement,
Mais lui fait grace en voyant fon Amant.
La tendre époufe au bras de Mélidore
Veut s'arracher ; elle y retombe encore.
Lui, qui tremblait des dangers du retour,
La retenait par tous les noms d'amour.
L'affreux devoir enfin la détermine.
On pleure, on part. Le retour, à Phrofine,
Parut plus long. L'objet était changé.
Par l'Amour feul l'efpace eft abrégé,
Et par l'efpoir fon ame eft foutenue ;
L'épreuve eft faite, & la route eft connue
Phrofine ainfi voguait au gré du fort,
Et fon Aly fe défolait au port.
De cette nuit elle avait vu l'orage,
Tout lui femblait un garant du naufrage,
Quand fur la vague à fes yeux fut rendu.
L'objet fi cher qu'elle avait cru perdu.
Aly reçoit dans fes bras tant de charmes,
En les preffant, les baigne de fes larmes ;
Avec tranfport, raconte fa terreur,
De cette nuit lui peint toute l'horreur,
Et d'un fuccès qu'à peine elle ofe croire,
Veut à fon tour favoir toute l'hiftoire.
Tout lui fut dit ; le cœur n'oublia rien;

L'Amour heureux compte toujours fi bien !

L'Amour heureux veut auffi toujours l'être :

Le feu lointain qu'on avait fait paraître,

Parut encor. Nul aftre dans les Cieux,

Pour l'obferver n'exerça tant les yeux :

Nul aftre auffi n'eut un cours fi fidele.

Prompte à le voir, dès qu'il fe renouvelle,

Phrofine vole à des plaifirs nouveaux,

Defcend au bain, fe jette au fein des eaux,

Et, par fon Art, afferviffant Neptune,

Commet aux flots l'Amour & fa fortune.

Tout ce qu'on dit des Mondes enchantés,

Iles d'Amours, Temples des voluptés,

Jardins, Palais de Vénus & d'Armide,

Tout était-là dans un défert aride.

Pourquoi faut-il, que les Tyrans des airs,

Les rochers même, & les Monftres des Mers,

Soient adoucis par des amours fi rares,

Tandis qu'il eft des hommes plus barbares,

Qui, par le crime, aux enfers dévoués,

Troublent des feux du Ciel même avoués ?

Des Faventins telle on vit la furie.

Jule outragé, l'ame de fiel nourrie,

Las de fe taire, & confus de parler,

A fon bonheur voulut tout immoler.

Si la nature à fa flamme eft funefte ;

Pour la punir d'abhorrer fon incefte,

Il veut armer le ténébreux féjour,

Et mettre aux fers la Nature & l'Amour,

Meffine alors en prodiges fertile,

Dans fon enceinte accordait un afyle

A ces Devins, à ces vils Enchanteurs

De l'avenir dangereux fcrutateurs,

Qui promenant leur mifere profonde,

De leur enfer font l'image en ce monde.

Un monument eft le repaire affreux,

Où leur Sybille au teint pâle, à l'œil creux,

Le front couvert de fes rides antiques,

Juge au milieu de trois cercles magiques.

On voit près d'elle à fes cris menaçans

Les fpectres vains, les larves impuiffans ;

Et l'Œmonide opérant les miracles,

Parle aux enfers, & vomit les oracles.

Son art, fur-tout, excelle à mettre au jour

Tout les poifons, tous les philtres d'amour.

Sur un brafier fa coupe eft toujours pleine

De fucs vengeurs inftruments de la haine.

Sur un Autel d'os, de fange & de fang,

D'une effigie elle perce le flanc,

Où la perfide empoifonne avec joie

Le voile impur qu'à Creüfe elle envoie.

A fes fecrets Jule ayant eu recours,

Tenta l'effet des magiques fecours.

De joie alors la Pythoniffe éclate

Et rit d'entendre un crime qui la flatte.

,, Je répondrai , dit-elle , à ton efpoir ;

,, L'enfer a mis ce charme en mon pouvoir.

,, Je puis d'un mot unir la fœur au frere ,

,, La mere au fils , & la fille à fon pere.

,, Ainfi brûlaient Myrrha , Phedre , Biblis ;

,, Mais fi Phrofine a vu fes vœux remplis ,

,, D'un autre amour , le charme eft impoffible.

,, Non , non , dit-il , Phrofine eft infenfible.

,, Ah ! crains de voir tous les traits impuiffans ,

,, Crains d'éprouver la glace de fes fens. ``

A ce défi la fatale interprête

Redouble encor le charme qu'elle apprête ;

Conjure , évoque , appelle fes Démons ;

Trois fois fa bouche a répété leurs noms ;

Trois fois baiffé , fon Sceptre redoutable

D'un trait magique a fillonné le fable.

L'Érebe eft fourd ; un filence profond

Trompe fon Art , l'étonne & la confond.

Un jour plus pur fe fait voir , & la terre ,

Loin de s'ouvrir fous fes pas fe refferre.

,, Quel figne affreux , dit-elle , on te trahit ;

,, Sous ton rival l'enfer même obéit.

,, Phrofine eft tendre , & l'Amant qui l'adore

„ En eſt aimé. Jule en doutait encore.

„ Veux-tu, dit-elle, en voir le ſéducteur ?

„ Prends ce miroir : magique délateur

„ Il apprend tout. " Quel coup d'œil ! quelle image !

Jule égaré voit Phroſine à la nage,

La ſuit, l'obſerve en cet antre ignoré,

Et dans ſes bras voit l'Hermite adoré.

Au même temps qu'il frémit de colere,

Le monſtre au cœur lui lance une vipere,

Banni ſoudain de ce cœur ulcéré,

L'Amour a fui, l'enfer eſt demeuré.

Seul à ſon tour, il conjure, il appelle

Et la vengeance & la rage cruelle ;

Des cris plaintifs répondent à ſa voix,

Et le Ténare eſt vaincu cette fois.

Le charme opere ; & l'affreuſe Œmonide

Arme ſes mains d'un flambeau d'Euménide.

„ Prends, lui dit-elle ; en allumant ſes feux,

„ Ceux de ta ſœur s'éteindront devant eux.

„ Garde un préſent qui lui ſera funeſte.

„ L'eſprit vengeur apprendra tout le reſte. "

Jule, à ces mots, quitte ces lieux d'horreur,

Marche & ne ſait où vomir ſa fureur.

Trop plein de rage il ſe plaît à l'étendre

Juſqu'à ſon frere étonné de l'entendre ;

L'un veut punir l'infâme raviſſeur,

L'autre avant tout, veut immoler fa fœur.
Aymar, lui-même, invente le fupplice
Et Jule, ô Dieux! Jule en eft le complice.
Pour faire luire un fignal frauduleux,
On a befoin d'un temps plus nébuleux.
Ce temps arrive; & d'une égale rage
Sur un efquif ils quittent le rivage
Et vont, armé de ce flambeau fatal
Qui doit fervir de perfide fanal.
Phrofine, aux traits de fa fauffe lumiere
Rentre foudain dans l'humide carriere.
O malheureufe! où vas-tu? vois ton fort,
Fuis ce rayon, c'eft l'aftre de la mort.
J'appelle envain, je la vois qui s'engage
Loin du rocher qu'obfcurcit un nuage.
L'efquif s'éloigne en l'égarant toujours,
La mer l'étonne. Un fi pénible cours
L'appéfantit; elle fent un abyme,
Mais elle voit ce feu qui la ranime.
Elle s'épuife en efforts toujours vains,
Et fans pitié deux freres inhumains
Pour voir fa mort, reculent devant elle.
Jule un moment flotte, héfite, chancelle,
Saifit la rame & veut la fecourir.
Non, dit Aymar, le monftre doit périr.
C'eft à l'abyme à couvrir cet outrage.

Jule attendri veut adoucir sa rage ;

Combat, avance, il tâche quelqu'instant

De la sauver. Phrosine s'agitant

Levait la tête & prononçait encore :

Où suis-je ? où vais-je ? ô mon cher Mélidore !

Jule attentif au nom de son rival,

Frémit, arrête, engloutit le fanal,

Recule encore, & dans la nuit profonde

Livre Phrosine aux abymes de l'onde.

Que n'est-il vrai ce pouvoir enchanteur

Par qui jadis le ciel réparateur,

En Déité transformait une Belle !

Phrosine, hélas ! tu serais immortelle,

Et tu péris sans grace & sans retour.

Plus malheureux, ô toi, qui vois le jour !

Qui t'apprendra cette horrible nouvelle ?

Il tient envain dans cette nuit cruelle,

Ses yeux ouverts, ses fanaux allumés,

Il a perdu les vœux qu'il a formés.

L'ile d'amour n'a pas vu sa Déesse ;

Mille soupçons alarment sa tendresse.

Il va s'en plaindre au fatal élément,

Il en approche. O frayeur d'un Amant !

Ma main frissonne à tracer cette image.

Il voit flotter un corps près du rivage.

L'effroi, l'amour, précipitent ses pas

Vers ce jouet de l'onde & du trépas.

Quel coup de foudre ! ô ciel ! c'eft fon Amante

Qu'à fes pieds roule une vague écumante.

C'eft elle... Il tombe, immobile, éperdu,

Sur cet objet dans le fable étendu.

C'eft elle !.. Il fort de cette horreur profonde,

Pour détefter le ciel, la terre, & l'onde.

Sous la pâleur de fes livides traits,

Il voit, contemple, adore fes attraits,

Touche fon cœur pour y chercher la vie.

Tout eft glacé, la Parque eft affouvie.

Sur ces débris qu'il preffe avec effort,

Sur la mort même il implore la mort :

J'ai tout perdu, s'écriait Mélidore.

O ciel ! tu meurs ! ô ciel ! je vis encore !

Phrofine, attends l'ame que je te dois ;

Le jour affreux peut-il luire fans toi ?

Quand tu péris, l'univers fait naufrage.

O mer ! acheve, engloutis ce rivage.

Mer infidelle où brillaient tant d'appas,

As-tu bien pu lui donner le trépas ?

C'eft elle, ô ciel, qu'on voit fur ton arêne,

Rebut des flots dont elle fut la reine.

Hélas ! c'eft moi qui la prive du jour !

Pourquoi, cruelle, avoir eu tant d'amour !

J'en fus l'objet ; & c'eft moi qui te tue...

Il perd la voix; & fa bouche éperdue
Dévore encor ces reftes précieux;
Il les tranfporte au fommet de ces lieux,
Pour s'y livrer à la mort qu'il projette;
Il voit Phrofine; un charme encor l'arrête,
La contempler même en dépit du fort,
Eft un plaifir qu'il dérobe à la mort.
Le jour naiffant trouve encor Mélidore
Les bras liés à ce corps qu'il adore.
Prêt d'expirer, le dernier de fes vœux
Eft qu'un tombeau les uniffe tous deux;
Pour couronner cette union fidelle.
De fa ceinture il s'enchaîne avec elle,
La mort ainfi ne peut m'en arracher.
Il dit, s'élance, & tombe du rocher.
L'onde engloutit fa proie infortunée,
Qui reparut vers Meffine étonnée,
Où l'on grava tous ces événements
Sur un tombeau commun à ces Amants.

Fin du quatrieme & dernier Chant.

POÉSIES
DIVERSES.

MADRIGAUX.

Par un baifer, Corine, éteins mes feux !
Le voilà ; prends.... Dieux ! mon ame embrafée
Brûle encor plus... encor un ? fois heureux,
Tiens... mon ardeur n'en peut être appaifée ;
Corine encor... ah ! la douce rofée !
En voilà cent pour combler tous tes vœux ;
Es-tu bien ? dis ? cent fois plus amoureux.
En voilà mille, eft-ce affez ?..... pas encore,
Un feu plus grand m'agite & me dévore......
Corine..... eh bien ? dis donc ce que tu veux ?

Le Dieu d'Amour a déferté Cythere ,
Et daus mon cœur le transfuge s'eft mis.
De par Vénus trois baifers font promis
A qui rendra fon fils à fa colere.

Le livrerai-je ? en ferai-je myftere ?
Vénus m'attend ; fes baifers font bien doux !
O vous, Daphné, qu'il prendrait pour fa mere ?
Au même prix, dites, le voulez-vous ?

J'ignore fi mon ame aux Parques affervie,
Doit retrouver un jour le néant ou la vie.
Mais ô dieux ! fi Corine a trahi fes ferments,
A mes yeux pour jamais éteignez la lumiere.
Pour dérober cette ame à d'éternels tourmens,
Dans les flots du Léthé plongez-la toute entiere.
Mais fi fon cœur fidele eft le prix de mon cœur,
GrandsDieux! ouvrez l'Olympe à mon ame immortelle,
    Pour éternifer avec elle,
    Le fouvenir de mon bonheur.

O D E.

LE PORTRAIT.

Qu'un autre Amant foit épris
Des charmes d'une Déeffe,
A ma Bergere, à Doris
Je dois le trait qui me bleffe.

J'ai chanté cent fois l'Amour,
Lui ſeul eut tous mes hommages ;
Ce Dieu me donne à ſon tour ,
Le plus beau de ſes ouvrages.

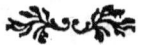

Quand ſes traits frappent mes yeux,
Les rangs ne me touchent gueres :
Doris connaît peu d'ayeux ;
Mais mille Amours ſont ſes freres.

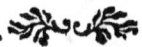

Son cœur tout au ſentiment,
Ne veut eſprit, ni ſyſtême :
Auſſi tel eſt ſon Amant ;
Ce n'eſt pas Newton qu'elle aime.

Baiſer, regard & ſoupir,
Voilà tout notre langage:
Mon étude eſt ſon plaiſir ;
Mon plaiſir eſt ſon ouvrage.

Elle a cet aiman vainqueur,
Qui retient ce qu'il attire.

Sa voix est le son du cœur,
Qui d'un seul mot fait tout dire.

Son teint n'est que sa couleur,
Digne d'enchanter Zéphyre;
Son visage est une fleur,
Qu'épanouit le sourire.

C'est un bouquet de lila,
Qui fait toute sa parure;
Et l'art qui mit ce don là,
Outrage encor la nature.

Deux ames semblent presser
Son sein qui croît & s'éleve:
La pudeur le fait baisser;
Et le desir le souleve.

Dans ses beaux yeux tour à tour
Paraît même avec décence
La langueur qui suit l'Amour
Ou l'ardeur qui le dévance.

Doris joint à tant d'appas
Cette taille d'immortelle,
Qui femble inviter mes bras ,
A s'arrondir autour d'elle.

Enfin pour mettre en fon jour ,
Le portrait de ma Bergere :
Elle a l'âge de l'Amour ,
Et la beauté de fa mere.

MADRIGAL.

Quel eft , ô Dieux ! le pouvoir d'une Amante !
Quand je voyais Pâris , Achille , Hector,
La Grece en deuil & Pergame fumante ;
Quels foux , difais-je ? Homere qui les chante ;
Eft plus fou qu'eux. Je n'aimais point encor.
J'aime & je fens qu'une beauté trop chere
De ces fureurs peut verfer le poifon :
J'approuve tout : rien n'eft beau comme Homere :
Atrite eft jufte & Pâris a raifon.

LÉDA.

Disparaissez, Maures & Paladins,
Songes chéris de ma chere Patrie ;
Disparaissez, Peuples de Sylphirie,
C'est trop nous plaire à des fantômes vains.
Qu'aux régions qu'habite la Féerie
Rentrent encor les Géants & les Nains.
Viens m'éclairer, Dieu des Fables antiques,
Perce le voile étendu sur nos yeux ;
Parais, combats ces ombres fantastiques,
Et vois la foudre à l'aspect de tes Dieux.
O par quel charme à nos sens tu rappelles
Les plus doux noms, les formes les plus belles !
Tu donnes l'ame à mille êtres divers.
L'aube naissante est le char de l'aurore,
L'onde est Thétis qui regne sur les mers,
Les tendres fleurs font les filles de Flore,
Ces blonds épics, c'est Cérès qui les dore;
Je vois Iris sur le trône des airs.
L'amour enfin, ce feu qui nous dévore,
C'est un enfant qui régit l'univers.
Voilà mon culte & les Dieux que j'implore ;

G 3

Ils feront l'ame & l'objet de mes vers.

Loin d'adopter la moderne chimere ,
Fruit du caprice , aliment de l'ennui ,
J'aime à fouiller dans les fources d'Homere ;
J'ofe les fuivre à voler après lui.
Si d'un effort plus mâle & plus rapide ,
Sous Jupiter il fait trembler Ida,
Moi je peindrai le Cygne de Léda ,
Des deux crayons du Correge & d'Ovide.

Léda regnait ; Lindare à fa beauté,
Devait fur-tout l'éclat de fon empire.
D'un fi beau choix', cet Époux enchanté
Fit fon bonheur , fit auffi fon martyre.
Reine des cœurs qu'elle foumettait tous ,
Léda regnait, Lindare était jaloux.
Ne pouvant feul adorer tant de charmes
Il redoutait mille amants féducteurs.
Les Dieux encore excitaient fes alarmes ;
Ces Dieux alors , fouverains corrupteurs,
S'humanifaient pour des beautés mortelles ,
Et las enfin d'être adoré des Belles,
S'étaient par goût faits leurs adorateurs.
Tout exprimait fa jaloufe tendreffe.
Une Vénus était dans fes jardins ;
Un jour Lindare à de fi belles mains
Donna des fers ; des fers à la Déeffe

Qui, d'un regard enchaîne les humains !
L'amour apprit cette coupable offenfe ;
Et par un trait digne de fon courroux ,
Pour mieux punir le crime de l'époux ,
Il deftina l'Époufe à fa vengeance.
Sur elle en vain il redouble fes coups ,
Et n'éprouvant qu'une auftere fageffe ,
A Jupiter l'Amour vaincu s'adreffe.

,, Si j'ai , dit-il , à tes déguifemens
,, Prêté mon art & mes enchantemens,
,, A la Beauté livrons encor la guerre.
,, Vois cette Reine aux bords de l'Eurotas,
,, Seule , à tes yeux elle unit plus d'appas,
,, Qu'à tes amours n'en peut offrir la terre ;
,, Son ame encore échappe à mes defirs.
,, Viens , venge-moi d'une beauté coupable ,
,, Je vais lui tendre un piege inévitable ,
,, S'il fait ma gloire , il fera tes plaifirs.
,, Tandis qu'au bain l'infenfible s'amufe
,, A voir jouer des Cygnes fur les eaux ,
,, Deviens toi-même un Cygne qui l'abufe ,
,, Defcends , parais , nage dans ces rofeaux.
,, Moi , de ton aigle empruntant le plumage ,
,, J'y volerai prêt à fondre fur toi ,
,, Je répandrai le défordre & l'effroi.
,, Fuis dans fes bras , le refte eft ton ouvrage.‟

Il dit : l'Olympe applaudit à l'Amour,
Et Jupiter lui fourit & l'embraffe,
Tous deux partis du célefte féjour,
D'un vol hardi, l'un mefure l'efpace,
Et d'un regard fixe l'aftre du jour.
L'autre eft fur l'onde, où fa tête furpaffe
L'orgueil jaloux des Cygnes d'alentour.
Au lieu des feux deftinés aux coupables,
L'Aigle fuperbe emportait dans les airs,
Et ce carquois & ces feux redoutables
Dont il fe plaît à brûler l'univers.
L'Aigle déja porté fur le rivage,
Fait tout trembler : tout l'a vu, tout la fui,
Il voit le Cygne, il veut fondre fur lui.
L'oifeau craintif vole, évite fa rage,
Plonge, revient, difparaît & furnage,
Arrive au bord où fe baignait Léda,
Qui par pitié dans fa fuite l'aida.
L'Aigle auffi-tôt part & fend le nuage,
Léda fans crainte au Cygne careffant
Tend une main qui flatte fon plumage.
Lui dans fes bras tendre & reconnaiffant,
Semble en tremblant expliquer fon hommage,
Bientôt plus libre, il devient plus preffant ;
Léda s'émeut fous l'aile qui la preffe,
Et chaque plume eft un trait qui la bleffe.

L'eau n'éteint point le feu qu'elle reffent.
De cet amour la nouveauté l'étonne.
Elle combat, fuit, reçoit & pardonne
Les attentas d'un bec trop amoureux.
Jupiter touche au comble de fes vœux ;
Léda gémit, l'onde écume & bouillonne,
L'Aigle triomphe & le Cygne eft heureux.

LES AMANS GÉNÉREUX,

PRès de Tempé, ce fortuné féjour,
Lieu favori de Palés & de Flore,
Le jeune Hylas, Églé plus jeune encore,
Tous deux épris, fe cachaient leur amour.
Tout leur difcours n'était qu'un regard tendre,
Leur feu contraint ne pouvait s'exhaler,
Le fimple Hylas n'eut jamais fu parler,
S'il eût parlé, l'eût-elle fu comprendre ?
Mais tôt ou tard, où le defir fera,
L'âge & l'amour inftruiront l'innocence,
Un jour enfin le hazard les tira
De ce néant où dormait leur enfance.

Sous un feuillage, aux plus paifibles lieux,
La jeune Églé fe repofait à l'ombre ;
Hylas furvint, Hylas de tous fes yeux

La contempla fous le feuillage fombre,
Vénus, ô toi ! que nous fervons fi peu,
Tandis qu'Églé fur ce gazon fommeille,
Si tu permets que ma bouche de feu
Prenne un baifer fur fa bouche vermeille:
Je te le jure, ô divine Cypris !
Je lui fais don de deux pigeons chéris,
Pareils à ceux qu'on t'éleve à Cythere.
Le vœu fut fait & le baifer fut pris.
D'un fommeil feint profita la Bergere,
Et le foir même, elle en reçut le prix.

Le jour fuivant, Églé dormit encore,
Le Berger vint & ne s'endormit pas ;
O Dieu d'amour ! vois tout ce que j'adore !
Je te demande un feul de tant d'appas.
Ah ! fi je puis, fans qu'Églé le reffente,
Coulant ma main fous fon corfet jaloux,
La promener fur fa gorge naiffante ?
Pour un larcin fi fecret & fi doux,
Je lui promets le beau mouton que j'aime ;
Endors, Amour, endors Églé, toi-même.

Hylas trouva le plus profond fommeil ;
Il vit, toucha, prit, parcourut fans peine
Le fein d'Églé qui retint fon haleine
Et jufqu'au bout fufpendit fon reveil.

Sous ce berceau la timide Bergere,

Le lendemain, craignit de fe revoir,
Elle craignit, mais brûlait de favoir
Le don qu'Hylas pouvait encor lui faire.
Elle y vint donc, il y revint auffi.
Dieux immortels ! je la retrouve ici !
Faites, grands Dieux, fans lui caufer d'alarmes,
Que dans fes bras, par les nœuds les plus forts,
Je puiffe enfin jouir de tous fes charmes !
Vous le favez, hélas ! pour tous tréfors,
Je n'ai qu'un chien ; Églé je te le donne.
O de quel fomme Églé dormit alors !
A quel efpoin le Berger s'abandonne !
En un inftant tout cede à fon effort ;
Et plus il ofe & plus elle s'endort.
Un trop beau rêve occupait la dormeufe,
Et vous jugez que dans l'inftant qu'Hylas
Ferma les yeux, dans l'extafe amoureufe,
Les yeux d'Églé ne fe rouvrirent pas.
On les ouvrit, quand les fonges finirent.
Au fond du bois le Berger s'égara,
Le chien refta ; le foir ils fe revirent ;
Églé rougit, le Berger foupira ;
Ils étaient feuls fans foupçon, fans alarme,
Enfin l'amour avait rompu le charme :
Quoiqu'éveillée, Églé s'abandonna,
Du jeu d'amour connut toute l'ivreffe ;

S'il fit encore un don à fa tendreffe,

La prompte Églé rendit ce qu'il donna.

Pleine à fon tour d'une ardeur inquiete,

Églé lui dit : je fais que je te doi,

Ces deux pigeons, premier don de ta foi;

Mais conçois-tu mon alarme fecrete ?

S'ils s'envolaient ! c'eft trop de foin pour moi ;

Je te les rends ; c'eft à toi de connaître

Le prix charmant que j'exige pour eux ;

Il s'en douta, les racheta. . . . . tous deux ;

De fes pigeons il fut bientôt le maître.

L'inftant d'après que ce point fut réglé,

Le beau mouton vint à l'efprit d'Églé.

Doit-on ainfi dépouiller ce qu'on aime ?

De tous tes pas compagnon affidu.

Tu te plaifais à le nourrir toi-même,

Je te le rends; le mouton fut rendu.

Le chien reftait. Raifon toute nouvelle,

Ordre abfolu de reprendre ce don.

On n'a qu'un chien, c'eft la garde éternelle

De fon troupeau qui refte à l'abandon.

Mon cher Hylas, reprends tout, lui dit-elle,

Et je te donne un baifer de retour ;

Je ne veux rien d'un amant, que l'amour ;

Ton cœur fuffit, fi ton cœur eft fidele,

Ce don à faire avait coûté bien peu,
A le reprendre, il coûta davantage ;
Le pauvre Hylas rallentit fon hommage,
Et fe fit prefque une affaire d'un jeu.
Il s'endormit à côté de la belle,
Qui ne cherchant qu'un prétexte nouveau,
En foupirant, difait encore en elle,
Que ne m'a-t-il donné tout fon troupeau ?

ÉPITRE A LAURE.

IL était grand jour, & l'aurore
Faifait place aux feux du matin :
Comblé du plus heureux deftin,
En fortant des bras que j'adore,
J'ai quitté ce lit clandeftin,
Où puiffes-tu dormir encore !

　　Ce jour m'a paru plus charmant,
L'air plus pur , la terre plus belle ;
Zéphyr allait plus mollement
Careffer la moiffon nouvelle ;
L'onde baignait plus lentement
La rive qui fleurit pour elle.
Ainfi par un enchantement

La nature fe renouvelle
Aux yeux fatisfaits d'un amant.
Tout s'épure aux traits de fa flamme ;
Tout fe meut par fon mouvement ;
Et devant lui chaque élément
Reçoit le charme de fon ame.

O calme, ô repos de mon cœur!
Tu n'étais point cette langueur,
Ni cette foibleffe mourante,
Qui terraffe un amant vainqueur ;
Mais cette joie étincelante,
Cette férénité brillante
D'un cœur content, mais empreffé,
Qui jouit du plaifir paffé,
Par un fouvenir qui l'enchante.

J'ai quitté ton divin féjour,
Moins plein de ce feu qui dévore,
Mais encor plus rempli d'amour ;
Tel que Céphale au point du jour,
Lorfqu'il vient de quitter l'aurore.
Par un invincible pouvoir,
Tout s'enflammait à mon paffage ;
L'oifeau reprenait fon ramage ;
Le Faune fortait pour me voir ,
Et la Driade, moins fauvage,
L'invitait aux plaifirs du foir.

Moi, tout rempli de ma conquête,
Je levais mon front radieux ;
J'atteignais les cieux de ma tête ,
Et je furpaffais tous les Dieux.
Mais d'une victoire fi belle,
Quel que foit pour moi tout l'attrait,
Je n'ai dit qu'à l'écho fidele
Le nom que j'adore en fecret.
Seul , au fond d'un bois folitaire ,
J'ai dit que Laure était à moi ;
Et fous le cachet du myftere ,
J'ai tracé les vers que tu voi ;
Ces vers que tu me fais entendre ,
Lorfqu'en tes caprices divers ,
Tu prêtes aux plus foibles airs
L'accent de la voix la plus tendre ;
Lorfque tu chantes tour-à-tour ,
Cythere , Délos , Hypocrene ;
Quand fur ta bouche de firene ,
Je meurs d'amour-propre & d'amour.
　　Qui pourra jamais la décrire ,
Cette ivreffe de mes efprits ?
Mais qu'importent de vains écrits ?
Dans mon cœur ne fais-tu pas lire ?
Quel Apollon peut garantir

D'exprimer ce qu'amour infpire ?
On a tant d'ame pour fentir ,
Et fi peu d'efprit pour le dire !

ÉPITRE A CLAUDINE.

Doit-on rougir de chanter ce qu'on aime ?
Faut-il des noms & des titres divers ?
Que fait un nom quand l'amour eft extrême ?
Claudine eft belle , & fuffit à mes vers.
C'eft une fleur qu'un hazard fit éclore,
Pour être née en de ftériles champs ,
Eft-elle moins la fille de l'Aurore ?
'Son humble état la rend plus chere encore.
Laiffons tout autre honorer de fes chants
L'orgueil jaloux des parterres de Flore ;
La fleur des prés eft celle que j'adore.
C'eft là , Claudine , au plus beau de mes jours ,
Que je te vis; j'y vis tous les amours.
Simple & fans art, belle fans impofture,
Ton teint naïf brillait de fes couleurs ;
Tes feuls appas compofaient ta parure,
Et tes cheveux, bouclés, à l'aventure,
Flottaient au vent fous un chapeau de fleurs.

Je

Je démêlai ce feu, dont la nature,
Fait pétiller dans tes yeux féduiſans
Tout les defirs d'un inſtinct de feize ans;
Cette candeur, cette vérité pure,
Et ce regard innocent & malin,
Lorſque tu vois l'albâtre de ton fein
S'élever, croître, ou décroître à meſure,
Et s'arrondir fous un corfet de lin.
Quand, pour jouir de ta flamme fecrete,
Je vais revoir ton ruſtique féjour,
Qu'il eſt plus doux, plus piquant pour l'amour
De chiffonner ta fimple collerette
Que ces bijoux, ces clinquants de toilette,
Dont font chargés tous nos tettons de Cour !
Pour tout l'éclat d'une pompe étrangere,
Changerois-tu ton amant & ton fort ?
Ne te plains point, trop heureufe bergere,
Nous folâtrons fur la verte fougere;
Sur des couffins la molleſſe s'endort.
Rappelle-toi cette nuit de myſtere,
Où j'habitai fous le chaume facré
Du vieux paſteur ton maître & mon curé:
Lorſque ta main enivra le faint homme,
Lorſque fans lui, fans notaire, & fans Rome,
Par nous deux feuls notre amour fut juré.
Ce présbytere en un temple adorable

H

Changea foudain; l'Amour en fut le Dieu.
On te l'a peint un monftre redoutable,
Et tu le vis, c'eft un enfant aimable.
On t'en a fait un crime, & c'eft un jeu.
Que de larcins furent cachés dans l'ombre
De cette nuit! que de baifers de feu
Donnés, rendus, précipités fans nombre!
Pour les compter, ils nous coûtaient trop peu.
L'Aube du jour moins de fleurs vit éclore
Que de baifers que je cueillais encore;
Et fi l'inftant de cacher notre amour
Ne fut venu, ma Claudine, j'ignore
Si le foleil, vers le quart de fon tour,
N'en eût compté plus encor que l'Aurore.
Ce jour coula dans l'attente du foir:
Le foir, aux champs, je courus te revoir;
Un autre autel eut d'autres facrifices.
La nuit revint, & paffa ton efpoir.
Que de beaux jours, que de nuits plus propices,
Ont fecondé nos furtives délices!
Faut-il, Claudine, en voir finir le cours?
Le temps m'appelle & m'entraîne à la ville:
Je vais quitter le plus beau des féjours.
Mon âge d'or coulait dans cet afyle;
L'âge de fer eft aux lieux où je cours.
Sans être ému, j'y verrai tout Cythere,

L'art des Cités & la pompe des Cours :
J'en fait ferment au Dieu de ma Bergere.
Claudine aura mes dernieres amours.
Toi, que je laisse oisive & solitaire,
Dans ce hameau, tu verras tous les jours
Ces bois, ces eaux, ces fleurs, cette fougere,
Lubin, Antoine, & ce jeune Vicaire...
Claudine, hélas ! m'aimeras-tu toujours ?

LA RAISON
ET LE PLAISIR.

LA raison nous plaît par systême,
Et le plaisir entraîne avant qu'on l'ait prévu :
Il est comme les Dieux, il fait tout par lui-même.
Examinez les sens dont le corps est pourvu !
Ce sont d'heureux canaux formés par la Nature,
Pour le cours éternel de la félicité.
Notre ame, dira-t-on, est une essence pure :
Elle est tout ce qu'on veut : mais la Divinité
Si bien de sa prison composa la structure,
Qu'on y trouve, tout bien compté,
Cinq portes pour la volupté.
La raison prêche leur cloture ;

H 2

Par ses prônes fréquens, le monde est endormi !
    Mais c'est une chose un peu forte,
    De dire qu'on craint l'ennemi,
    Et de se loger à sa porte.
Le péril, répond-on, augmente ses honneurs :
Elle est là pour offrir un secours salutaire.
    Je n'entre point dans ce mystere :
Le Sentiment suffit pour la regle des mœurs ;
La Nature m'a fait, & le bon fils préfere
    Le plaisir de servir sa mere,
    Aux leçons de ses gouverneurs.

PORTRAIT

DE LA NUIT.

A MADAME DE***

J'Avais conduit Églé chez son Apelle.
Là, parcourant les plus rares portraits,
Je dis à l'Art : regarde... qu'elle est belle !
Pour ton chef-d'œuvre, as-tu vu plus d'attraits ?
Rends tes pinceaux dignes de ce modele ;
Place l'objet, touche, colore, excelle,
Peins la beauté... mais sous de nouveaux traits.

Saifis d'Églé le piquant caractere;
Nous ne voulons Nayade, ni Bergere,
Vénus, Hébé... tu les peignis cent fois;
Minerve eft trifte, & Pallas fi févere!
Junon fi fiere!... il faut un autre choix.
Flore, dis-tu? mais Flore, toujours Flore!...
Cherchons.. ne vas tu me propofer l'Aurore,
Et m'éblouir de l'éclat qui la fuit.
Non. Mais écoute un plan qui me féduit,
Un fujet neuf qui pourra te furprendre;
Peignons Églé fous les traits de la nuit.
Mais quelle nuit! Dieu! pourras-tu la rendre?
Aux champs des airs, vois ce char emporté
Par des Courfiers que guide une Déeffe:
Il vole, il fuit loin du jour qui la preffe,
Entre elle & lui, regne l'obfcurité.
Du firmament l'éternelle Couriere,
Portant le calme & la férénité,
Eft au milieu de ce trône argenté.
De fes yeux part un fillon de lumiere
Qui perce l'ombre, & marque fa carriere.
Un voile obfcur, enflé par les Zéphyrs,
Sur fes cheveux qui flottent en arriere
Lui fait un dôme émaillé de faphirs.
De fes chevaux, une main tient les rênes,
L'autre répand des moiffons de payots,

Dont les amours, pour prix de leurs travaux;
Font des feſtons bien plutôt que des chaînes.
L'oiſeau qui chante aux portes du matin
Sommeille encore aux pieds de la Déeſſe;
La nuit retarde un concert qui la bleſſe:
Pourquoi ſi-tôt voir arriver ſa fin?
Hélas! de l'homme elle endort le chagrin,
Flatte l'eſpoir, conſole la triſteſſe,
De mille amans protege la tendreſſe
Et de tout être adoucit les deſtins:
Quand la nuit veille au bonheur des humains,
Pourquoi le jour veut-il naître ſans ceſſe?

Toi, dont ici j'ai crayonné les traits,
Quand je t'éleve aux céleſtes demeures,
C'eſt pour regner ſur les plus douces heures,
Heures d'amour, de délice & de paix.
Donne au pinceau l'honneur de cette image;
Lors je dirai, contemplant tes attraits:
Nuit, belle Nuit, que ce nom t'encourage!
Donne l'exemple aux heureux que tu fais;
Nuit du bonheur, que ton cœur le partage!
Jouis, l'amour te rendra tes bienfaits.

LA ROSE,

ODE ANACRÉONTIQUE.

Tendre fruit des pleurs de l'aurore,
Objet des baiſers du Zéphyr;
Reine de l'empire de Flore,
Hâte-toi de t'épanouir.

Que dis-je hélas! differe encore,
Differe un moment à t'ouvrir;
L'inſtant qui doit te faire éclore,
Eſt celui qui doit te flétrir.

Thémire eſt une fleur nouvelle,
Qui doit ſubir la même loi.
Roſe, tu dois briller comme elle,
Elle doit paſſer comme toi.

Deſcends de ta tige épineuſe;
Viens la parer de tes couleurs;

Tu dois être la plus heureuſe,
Comme la plus belle des fleurs.

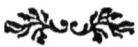

Va, meurs ſur le ſein de Thémire,
Qu'il ſoit ton trône & ton tombeau;
Jaloux de ton ſort, je n'aſpire
Qu'au bonheur d'un trépas ſi beau.

Tu verras quelque jour, peut-être,
L'aſyle où tu dois pénétrer;
Un ſoupir t'y fera renaître,
Si Thémire peut ſoupirer.

L'amour aura ſoin de t'inſtruire
Du côté que tu dois pencher;
Éclate à ſes yeux ſans leur nuire,
Pare ſon ſein ſans le cacher.

Si quelque main a l'imprudence
D'y venir troubler ton repos,
Emporte avec toi ma vengeance,
Garde une épine à mes rivaux.

ÉPITRE

SUR L'AUTOMNE.

Suivons les Ménades ;
Dans leurs promenades,
Ami , rendons-nous.
Bientôt les Pléïades ,
L'Aquilon jaloux ,
Fondant des montagnes ,
Viendront tour-à-tour
Faire à nos campagnes
Sentir leur retour.

Au sein de nos plaines ,
De vives chaleurs
Ont séché nos fleurs ,
Tari nos fontaines.
L'aurore est sans pleurs ,
Zéphyr sans haleines ,
Flore sans couleurs ,

La seule Pomone ,
Sous ce frais berceau ,
Rit & se couronne
D'un pampre nouveau.

Du vin qui s'écoule,
Verſé par ſes mains
S'abreuve une foule
De jeunes Silvains,
Qui dans ces jardins;
Du peſant Silene
Soutiennent à peine
Les pas incertains.

    Suſpends ton étude;
Viens, loin des neuf ſœurs,
Goûter les douceurs
De ma ſolitude.
Eſclave avec moi,
Du vainqueur de l'Inde,
Que le Dieu du Pinde
Subiſſe la loi.

    Si tu ne peux vivre
Sans un Apollon,
C'eſt Anacréon,
Ami, qu'il faut ſuivre.
Apprends à monter
Ta galante lyre:
Si tu veux chanter,
Que Bacchus t'inſpire
Le tendre délire
Qui, cher à Thémire,

S'en fait écouter.

Parmi nos convives,
Invitons l'amour ;
Qu'il vienne à fon tour
Revoir fur ces rives
Cythere & fa cour.
Couché fous la treille,
Si quelqu'un fommeille,
Par un tendre effort
L'amour le réveille,
Quand Bacchus l'endort,

Ami d'Épicure,
J'en fuis les leçons;
Comme lui j'épure
Les utiles dons
Que fait la nature
A fes nourriffons

D'une ardeur extrême
Le temps nous pourfuit:
Détruit par lui-même,
Par lui reproduit,
Plus léger qu'Éole,
Le moment s'envole,
Renaît & s'enfuit.
Qu'un prompt facrifice
Fixe le caprice

Du vieillard jaloux :

Qu'au milieu de nous

Ce Dieu taciturne

Perde ſon courroux ;

Du vin de cette urne

Enivrons Saturne.

Déſormais plus lent,

Ce Dieu turbulent,

Pour reprendre haleine

Suivra de Silene

Le pas nonchalant.

   · Sous l'ombre propice

De ce bois ſacré,

Pour le ſacrifice

L'autel eſt paré.

Ce lieu ſolitaire

Eſt le ſanctuaire

Où , libre d'ennui

Je dois aujourd'hui

Immoler les craintes,

Les ſoins, les contraintes,

Et les vains deſirs,

Tyrans des plaiſirs.

    Déja ſous la tonne,

La coupe à la main,

Hebé me couronne

D'un lierre divin ;
Et Comus ordonne
L'apprêt du festin.
Les nymphes accourent ;
Les Faunes m'entourent,
Le vin va couler,
L'encens va brûler ;
La victime est prête ;
On va l'immoler.
Ami, qui t'arrête ?
Thémire, avec moi,
Pour ouvrir la fête,
N'attend plus que toi.

ÉPITRE SUR L'HIVER.

DE l'urne céleste
Le signe funeste
Domine sur nous ;
Et sous lui commence
L'humide influence
De l'ourse en courroux.
L'onde suspendue
Sur les monts voisins,
Est dans nos bassins

En vain attendue.
Ces bois, ces ruiſſeaux
N'ont rien qui m'amuſe;
La froide Aréthuſe
Fuit dans les roſeaux :
C'eſt en vain qu'Alphée
Mêle avec ſes eaux
Son onde échauffée.

Telle eſt des ſaiſons
La marche éternelle;
Des fleurs, des moiſſons,
Des fruits, des glaçons.
Ce tribut fidele,
Qui ſe renouvelle
Avec nos deſirs,
En changeant nos plaines;
Fait tantôt nos peines,
Tantôt nos plaiſirs.

Cédant nos campagnes
Au tyran des airs,
Flore & ſes compagnes
Ont fui ces déſerts.
Si quelqu'une y reſte,
Son ſein outragé
Gémit, ombragé
D'un voile funeſte.

La nymphe modeſte
Verſera des pleurs
Juſqu'au temps des fleurs.

Quand d'un vol agile,
L'Amour & les jeux
Paſſent dans la ville,
J'y pâſſe avec eux.
Sur la double ſcene,
Suivant Melpomene
Et ſes jeux nouveaux,
Je vais voir la guerre,
Des auteurs nouveaux
Qu'on juge au parterre.

Là, ſans affecter
Les dédains critiques,
Je laiſſe avorter
Les brigues publiques.
Du beau ſeul épris,
Envie ou mépris
Jamais ne m'enflamme;
Seulement dans l'ame
J'approuve ou je blâme,
Je bâille, où je ris.
Dans nos folles veilles,
Je vais de mes airs
Frapper tes oreilles.

Après nos concerts,
L'ivreſſe au délire
Pourra ſuccéder.
Sous un double empire,
Je fais accordēr,
Le thyrſe & la lyre,
J'y crois voir Thémire,
Le verre à la main,
Chanter ſon refrein;
Folâtrer & rire.

Quel ſort plus heureux!
Buveur, amoureux,
Sans ſoin, ſans attente,
Je n'ai qu'à ſaiſir
Un riant loiſir;
Pour l'heure préſente;
Toujours un plaiſir;
Pour l'heure ſuivante,
Toujours un deſir.

Coulez, mes journées;
Par un nœud ſi beau
Toujours enchaînées,
Toujours couronnées
D'un plaiſir nouveau.
Qu'à ſon gré la Parque
Hâte mes inſtants,

Mais

Les compte & les marque
Aux faſtes du temps :
Je l'attends ſans crainte,
Par ſa rude atteinte
Je ferai vaincu ;
Mais j'aurai vécu.

   Sans date ni titre ;
Dormant à demi,
Ici ton ami
Finit ſon épître.

En rimant pour toi
Le dernier chapitre ;
La table où je boi
Me ſert de pupitre.
De tes vins divers
Je ferai l'arbitre :
Sois-le de mes vers ;
Je te les adreſſe.
S'ils ſont ſans juſteſſe,
Sans délicateſſe,
Sans ordre & ſans choix,
En de folles rimes,
On lit quelquefois
De ſages maximes.

LE PRINTEMPS.

Sur l'herbage tendre,
Le Ciel vient d'étendre
Un tapis de fleurs ;
Et l'aurore arrose
De ses tendres pleurs,
De la jeune rose
Les vives couleurs.
   Déja Philomele
Ranime ses chants,
Et l'onde se mêle
A ses sons touchants.
Sur un lit de mousse,
Les Amours, au frais,
Éguisent des traits
Qu'avec peine émousse
La froide raison,
Qui croit qu'elle regne,
Quand elle dédaigne
La belle saison.
Nos berceaux se couvrent
Du souple Jasmin.
Nos yeux y découvrent

Le riant chemin
Par où le myſtere,
Servant nos deſirs,
Nous mene à Cythere
Chercher les plaiſirs.

   Oui de la nature
La vive peinture
N'eſt pas ſans deſſein.
Tant de fleurs nouvelles;
Qui de tant de belles,
Vont orner le ſein;
Le tendre ramage
Des jeunes oiſeaux,
Le doux bruit des eaux;
Tout offre l'image
D'un aimable Dieu:
Tout lui rend hommage.

   Dans un ſi beau lieu
Tout y peint ſon feu:
Hélas! quel dommage
Qu'il dure ſi peu!
Il pénetre l'ame,
Ce feu trop ſubtil....
Mais pourquoi faut-il
Que de cette flamme
Qui peint le printemps,

Tout en même-temps ;
Trace à notre vue
La légéreté ,
Souvent imprévue
Chez la volupté.

L'onde fugitive ,
A l'ame attentive ,
Peint à petit bruit
L'ardeur paffagere ,
Dont l'éclat féduit
Plus d'une Bergere
Que l'Amour conduit.

L'haleine légere
Du Zéphyr badin ,
Qui dans ce Jardin
Vole autour de Flore ;
Du vif incarnat
Qu'elle fait éclore ,
Le frivole éclat ;
De l'Oifeau volage
Les accords légers
Peignent du bel âge
Les feux paffagers.

Tout ce qui refpire ,
Nous dit, en ce temps ,
L'amoureux empire

Eft un vrai printemps:
Il plaît, il enchante;
On l'aime, on le chante;
Soins trop fuperflus!
Vaut-il ce qu'il coûte?
A peine on le goûte,
Qu'il n'eft déja plus.

LE HAMEAU.

RIen n'eft fi beau
Que mon hameau.
O quelle image!
Quel payfage
Fait pour Vateau!
Mon hermitage
Eft un berceau,
Dont le treillage
Couvre un caveau.
Au voifinage,
C'eft un ormeau,
Dont le feuillage
Prête un ombrage
A mon troupeau;
C'eft un ruiffeau

Dont l'onde pure
Peint sa bordure
D'un verd nouveau ;
Mais c'est Silvie
Qui rend ces lieux
Dignes d'envie ,
Dignes des Dieux.
Là , chaque place
Donne à choisir
Quelque plaisir
Qu'un autre efface,
C'est à l'entour
De ce domaine
Que je promene
Au point du jour
Ma souveraine.
Si l'aube en pleurs
A fait éclore
Moisson de fleurs ,
Ma jeune Flore
A des couleurs
Qui près des leurs ,
Brillent encore.
Si les chaleurs
Nous font descendre
Vers ce Méandre ,

Dans ce moment,
Un bain charmant
Voit fans myftere,
Sans ornement,
Et la Bergere
Et fon Amant,
Jupe légere
Tombe auffi-tôt:
Tous deux, que faire?
L'air eft fi chaud!
L'onde eft fi claire!
Affis auprès,
Comus après
Joint à Pomone
Ce qu'il nous donne
A peu de frais.
Gaîté nouvelle,
Quand le vin frais
Coule à longs traits;
Toujours la belle
Donne, ou reçoit,
Fuit, ou m'appelle,
Rit, aime, ou boit.
Le chant fuccede,
Et fes accents
Sont l'intermede

Des autres ſens.
Sa voix ſe mêle
Aux doux hélas
De Philomele
Qui, ſi bien qu'elle,
Ne chante pas.
Telle eſt la chaîne
De nos deſirs,
Nés ſans ſoupirs,
Comblés ſans peine;
Et qui ramene
De nos plaiſirs
L'heure certaine.

O vrai bonheur,
Si le temps laiſſe
Durer ſans ceſſe
Chez moi vigueur,
Beauté chez elle,
Jointe à l'humeur
D'être fidelle !
Qu'à pleines mains,
Le ciel prodigue
Comble & fatigue
D'autres humains:
Moi ſans envie
Je chanterai

Avec Silvie;
Je jouirai,
Et je dirai
Toute la vie:
Rien n'eſt ſi beau
Que mon hameau.

HYMNE A LA BEAUTÉ.

Tout rend hommage à la Beauté.
Pour éclairer ſes traits le jour ſe renouvelle;
Pour la chanter s'éveille Philomele;
Le ruiſſeau qui fuyait, devant elle arrêté,
Trace ſon image fidelle;
Des pavots du ſommeil la douce volupté
Rend de ſon teint la fraîcheur éternelle:
L'ordre de l'univers ſemble établi pour elle.

AUX MUSES.

Souffrez les amours ſur vos traces;
Muſes, ſouvenez-vous toujours
Que l'eſprit eſt, ſans les amours,

Ce qu'eft la beauté fans les graces.
C'eft à l'amour qu'il faut céder,
Quel autre charme nous arrête?
L'efprit peut faire une conquête;
Mais c'eft au cœur à la garder.

ÉPITAPHE.

D'une petite Chienne de Madame la Duchesse de Chevreufe.

SÉvere à tout le monde, à mon maître fidelle,
N'aimant que lui; pour l'aimer mieux,
J'avais de mon amour l'exemple fous les yeux:
Ma maîtreffe fut mon modele.

LA COCARDE.

*Remerciment de Monfieur *** à Mademoifelle *** qui lui envoya une Cocarde à l'Armée.*

J'Ai fait briller au champ de Mars
L'ornement galant & terrible,
Par qui, déformais invincible,
Je puis affronter les hafards.

Préférable aux lauriers que donne la victoire,
Ce panache éclatant va, fous nos étendarts,
Accroître ma valeur, comme il accroît ma gloire.
Formez pour des guerriers ces militaires dons,
Jufqu'à ce que la paix repeuplant nos retraites,
  Vous puiffiez couronner nos fronts
  Du myrthe qui croît où vous êtes.
  Ainfi la mere des Amours
Paraît le fils d'Anchife, & lui prêtait des armes;
Encouragé par elle au milieu des alarmes,
Les regards de Vénus l'accompagnaient toujours.
  J'aurai la même deftinée,
  Armé par d'auffi belles mains;
  Et fi du héros des Troyens
  La valeur ne m'eft pas donnée,
Pour fuppléer au moins à fes exploits vantés,
  J'imite le pieux Énée,
Dans le refpect qu'il eut pour les Divinités.

ODE.

,, Jupiter, prête-moi ta foudre,
,, S'écria Lycoris un jour;
,, Donne: que je réduife en poudre
,, Le temple où j'ai connu l'Amour.

,, Alcide, que ne fuis-je armée
,, De ta maffue ou de tes traits,
,, Pour venger la terre alarmée,
,, Et punir un Dieu que je hais.

,, Médée, enfeigne-moi l'ufage
,, De tes plus noirs enchantements:
,, Formons pour lui quelque breuvage
,, Égal au poifon des amans.

,, Ah! fi dans ma fureur extrême,
,, Je tenais ce monftre odieux;....
,, Le voici, lui dit l'Amour même,
,, Qui foudain parut à fes yeux.

,, Venge-toi, punis, fi tu l'ofes. "
Interdite à ce prompt retour,
Elle prit un bouquet de rofes,
Pour corriger le jeune Amour.

On dit même que la bergere
Dans fes bras n'ofait le preffer:

Et, frappant d'une main légere,
Craignait encor de le bleffer.

É P I T R E

A Melle. S** , écrite de Fontaincbleau.

Du froid féjour de la grandeur,
J'écris à ma chere Thémire ;
Qu'Amour foit mon ambaffadeur;
Qu'il lui porte ce qu'il m'infpire.
Les fraîcheurs ont fini le cours
De ces innocentes foirées,
Plus belles que les plus beaux jours,
Où de leurs plus fimples atours,
Les Graces naïves parées,
Brillaient au millieu du concours
De tes amis & des amours.
Je les vis au bord de la Seine
Que tes pas légers parcouraient,
Quand d'une lumiere incertaine
Diane & l'Amour t'éclairaient,
Quand tous les Zéphyrs accouraient,
Volaient & te fuivaient à peine,
Quand Blénac & moi t'adoraient,

Et que les Graces admiraient
Leur sœur, leur émule & leur reine;
Où sont-ils ces jours de desir ?
A la cour, dans ma solitude;
Mais solitaire sans loisir,
Le sort jaloux m'a fait choisir
Le stérile ennui d'une étude
Qui n'est pas celle du plaisir :
Mais lorsque m on cœur peut saisir
L'image, de l'objet qu'il aime.
Je ne vois qu'Amour de vant moi,
Je ne vois que Cythere & toi,
Je me revois enfin moi-même.
Mon ame échappe à sa prison;
L'effort du plaisir la délie;
L'étude occupait ma folie:
Le plaisir me rend la raison.
Qu'ici regne un esprit contraire!
Hélas! quel séjour pour un cœur
Né tendre, amoureux & sincere!
Ici l'Amour est un trompeur,
Et. l'Hymen est un mercénaire.
Crains-tu que je perde jamais
Ta simplicité que j'adore,
Pour prendre des mœurs que je hais ?
Je cultiverais sans progrès

L'art adulateur que j'ignore,
Charmé de ne favoir encore
Qu'aimer & chanter tes attraits.
Mais, infenfible à ma conftance,
O ma Thémire! tu te tais!
Eft-ce donc trop peu de l'abfence?
Qui tarde trop à s'exprimer,
N'aime point, ou n'aimera guere.
Pourquoi perdre le temps à plaire?
Il nous eft donné pour aimer.
L'âge fuit, le temps nous devance;
L'heure où la fleur s'épanouit;
Avec elle s'évanouit;
Et l'heureux temps où l'on jouit,
S'envole avec la jouiffance.

ÉPITRE

A MADEMOISELLE SALÉ.

LEs amours pleurant votre abfence,
Loin de nous s'étaient envolés;
Enfin les voilà rappellés
Dans le féjour de leur naiffance.
Je les vis, ces enfants allés

Voler en foule fur la fcene,

Où, pour voir triompher leur reine,

Leurs états furent affemblés.

Tout avait déferté Cythere,

Le jour le plus beau de vos jours,

Où vous reçutes de leur mere

Et la ceinture & les atours.

Dieux ! quel fut l'aimable concours

Des jeux, qui marchant fur vos traces;

Apprirent de vous pour toujours

Ces pas mefurés par les Graces,

Et compofés par les Amours.

Des Ris l'effain vif & folâtre

Avait occupé le théatre,

Sous les formes de mille amants;

Vénus & fes nymphes parées

De modernes habillements,

Des loges s'étaient emparées:

Un tas de vains perturbateurs,

Soulevant les flots du parterre,

A vous, à vos admirateurs

Vint auffi déclarer la guerre.

Je vis leur parti frémiffant,

Forcé de changer de langage,

Vous rendre, en peftant, leur hommage,

Et jurer en applaudiffant.

                       Reftez,

Reſtez, fille de Terpſichore,
L'Amour eſt las de voltiger;
Laiſſez ſoupirer l'étranger,
Brûlant de vous revoir encore:
Je ſais que, pour vous attirer,
Le ſolide Anglais récompenſe
Le mérite errant que la France
Ne fait tout au plus qu'admirer.
Par ſa généreuſe induſtrie
Il veut en vain vous rappeller,
Eſt-il rien qui doive égaler
Le ſuffrage de ſa patrie?

F I N.

TABLE.

Fin de la Table.

www.ingramcontent.com/pod-product-compliance
Lightning Source LLC
Chambersburg PA
CBHW070818250626
47170CB00006B/2142